Career Service der Universität Siegen

campus:KRIMIS

campus:KRIMIS

Herausgegeben vom
Career Service der Universität Siegen

Mit Krimis von
Kevin Hupertz, Maria Dackweiler,
Darya Sigal und Franziska Franke, Ankay Black,
Kevin Volkmer, Martin Reinschmidt, Katharina
Knipp, Maike Bieler, Lukas Müller, Elena Schäfer
sowie einem Essay von Ralf Strackbein

Ein Projekt des
Career Service der Universität Siegen
und des Emons Verlags

campus:KRIMIS

Herausgegeben vom Career Service der Universität Siegen

Mit Krimis von
Kevin Hupertz, Maria Dackweiler, Darya Sigal und Franziska Franke,
Ankay Black, Kevin Volkmer, Martin Reinschmidt, Katharina Knipp,
Maike Bieler, Lukas Müller, Elena Schäfer
sowie einem Essay von Ralf Strackbein

Redaktionsteam: Kristin Bramekamp, Chiara Curella,
Saskia Koke, Annkatrin Mariele König,
Olivia Lehmkuhl, Marcellus Menke, Achim Schneider.

Career Service der Universität Siegen 2018

Bibliografische Information der Deutschen Nationalbibliothek:
Die Deutsche Nationalbibliothek verzeichnet diese Publikation
in der Deutschen Nationalbibliografie; detaillierte bibliografische
Daten sind im Internet über www.dnb.de abrufbar.

Layout und Covergestaltung: Marcellus Menke
Satz: Kristin Bramekamp und Marcellus Menke
Herstellung und Verlag:
BoD - Books on Demand, Norderstedt
ISBN: 9783752833577

Inhalt

Essay

Eine Lektorin zu Gast

Aufgabe des Career Service ist es, Studierende dabei zu unterstützen ihren Weg in den Beruf zu finden. Klassischerweise machen wir das mit Seminaren, Trainings, Vorträgen und Diskussionsveranstaltungen: Vielfältige Möglichkeiten sich der eigenen Kompetenzen und Fähigkeiten bewusst zu werden, authentisch Erfahrung zu sammeln und Kontakte zu knüpfen. Als Ergänzung unserer klassischen Angebote versuchen wir auch immer wieder Studierenden in Projekten die Möglichkeit zu eröffnen, direkt Praxiserfahrung zu sammeln. Damit das gelingen kann, brauchen wir Partner aus der Praxis. In diesem Fall entstand das Projekt, dessen sichtbares Ergebnis Sie jetzt in Händen halten, aus einer unserer Vortragsveranstaltungen.

Im Sommersemester 2016 war im Rahmen des career:FORUMs Stefanie Rahnfeld zu Gast an der Universität Siegen. Der Titel ihres Vortrags: „Traumberuf Lektorin". Die Veranstaltung war sehr gut besucht. Ein übervoller Hörsaal, viele Studierende und viele Fragen.

Intention des career:FORUMs ist es, Studierenden zu ermöglichen, sich im direkten Kontakt mit berufserfahrenen Referenten ein Bild von für sie möglichen

Berufsfeldern und Tätigkeitsbereichen zu machen. Im Mittelpunkt der Veranstaltung mit Stefanie Rahnfeld stand deshalb, was so alles zum Arbeitsbereich einer Lektorin gehört. Doch von Teilnehmern der Veranstaltung kamen auch Fragen, die zeigten, dass bei vielen das Interesse da war, als Autor eigene Texte bei einem Verlag zu platzieren. Eine der Fragen ganz direkt: „Wie werde ich Autorin?" Die Antwort: „Sie können mir gerne Ihren Text schicken."

Einige Wochen nach der Veranstaltung kam, unter dem Eindruck dieser Fragen, im Team des Career Service die Idee auf, die zu erwartenden Einsendungen zu bündeln. So entstand der Wettbewerb campus:KRIMI.

In seiner ganzen Vielfalt lässt sich der Beruf des Autors in kein Schema pressen. Alle Abläufe der Entstehung eines belletristischen Buches, zumal eines Sammelbandes, realistisch in einem Lernprojekt abzubilden, war gar nicht so einfach. Dass Sie jetzt das fertige Buch in den Händen halten zeigt, dass es geklappt hat.

An dieser Stelle allen Beteiligten, dem Team der Jury und vor allem dem Emons Verlag und Stefanie Rahnfeld ein herzliches Dankeschön für das großartige Engagement.

Siegen, im Februar 2018
Marcellus Menke,
Leitung Career Service der Universität Siegen

Krimi Jury

Der Stapel mit den ausgedruckten Krimis liegt bereit, ein gemütlicher Sessel steht am Fenster und von einem kleinen Tisch daneben verbreitet eine Tasse Tee ihren Duft im Raum. Das Smartphone wird auf lautlos gestellt, der Fernseher ausgeschaltet. Nicht einmal das Radio dudelt im Hintergrund. Was man jetzt braucht ist Zeit. Jede Menge Zeit. Denn die Jury haben etliche Krimis erreicht, die darauf warten durchwälzt zu werden.

Mit jedem neuen Krimi taucht man ab und lässt sich auf das Geschehen ein. Die so bekannten Orte, die man tagtäglich aufsucht, sei es der Hörsaal, die Bibliothek oder die Bushaltestelle, verwandeln sich auf einmal in einen Tatort. Die vertrauten Dinge sieht man plötzlich mit anderen Augen, häufig aus der Perspektive eines Kommissars, manchmal auch direkt aus der des Opfers. Jeder Krimi spricht auf seine Art und Weise den Leser an. Mal ist es das bis auf das letzte Detail durchdachte Motiv des Täters. Ein anderer Krimi überzeugt durch seine starken Dialoge. Wieder ein anderer beeindruckt durch einen außergewöhnlichen Schreibstil. Jeder Krimi hinterlässt Spuren und keiner gleicht dem anderen.

Ein paar Wochen später, nicht mehr im gemütlichen Sessel zu Hause, sondern auf einem Bürostuhl an der Uni: Teamsitzung der Jury. Eine Auswahl muss getroffen werden. Bei den vielen Einsendungen die besten Texte auszuwählen fällt nicht leicht. Jeder in der Jury hat da einen anderen Favoriten. Da merkt man, wie verschieden die Geschmäcker sind. Worauf kommt es wirklich an?

„Alles, was man für einen Krimi braucht, ist ein guter Anfang und ein Telefonbuch, damit die Namen stimmen", hat der belgische Krimi-Autor Georges Simenon einmal gesagt. Wer wie er fünfundsiebzig Krimis und über tausend Kurzgeschichten geschrieben hat, müsste es wissen. Aber reichen allein ein Telefonbuch und ein gelungener Anfang für die Diskussion in der Jury? Da braucht es doch schon konkretere Kriterien. Um wirklich als campus:KRIMI gewertet zu werden, muss die Handlung natürlich an der Universität Siegen spielen oder die Personen stehen in einer Beziehung zu ihr. Ob es eine gute Idee ist, einen ungeliebten Dozenten eines grausamen Todes sterben zu lassen? Da hält sich die Jury zurück. Aber wer echte Personen beschreibt und deren Namen nennt, der verletzt Persönlichkeitsrechte. So also keine gute Idee. In jedem Fall sollte etwas aufgeklärt werden, ein Ermittler an der Arbeit sein und vor allem sollte die Handlung spannend sein. Denn nur ein fesselnder Krimi weckt Neugierde und lässt den Leser bis zur letzten Seite nicht los. Ob die Tat dann tatsächlich aufgedeckt wird, das bleibt natürlich den Autoren überlassen.

Und dann sind es die Details, die darüber entscheiden, ob ein Krimi veröffentlicht werden kann oder nicht. Da hat die Jury bei der Lektüre viele Überraschungen erlebt. Ob brutale Mordszenen, verschwörerische Theorien oder schizophrene Figuren, gelesen wurde alles. Die Jury hat sowohl gelacht als auch an so mancher Stelle geschaudert. Die intensive Beschäftigung mit den Krimis wird dann wohl noch einige Nachwirkungen zeigen: Es könnte zum Beispiel sein, dass sich einige Mitglieder der Jury nach 22 Uhr nicht mehr alleine in die Universitätsbibliothek trauen. Denn hinter so manchem Bücherregal könnte sich ja einer der Krimi-Bösewichte verstecken.

Eine intensive Diskussion hat dann zu einer Auswahl für die Liste der Top Ten Campus-Krimis geführt. An dieser Stelle an alle Teilnehmerinnen und Teilnehmer ein großes Dankeschön für die spannenden und wirklich kreativen Krimis. Die von der Jury ausgewählten Texte finden Sie jetzt in diesem Band. Wir wünschen viel Spaß beim Lesen und gerne ab und zu auch ein Schaudern…

als Mitglied der Jury aufgeschrieben
im Dezember 2017
von Annkatrin Mariele König

Die Krimis

Kevin Hupertz

Totes Starren

Mürrisch hob Kriminaloberkommissarin Sabine Deutz den Blick. Das Wetter war genauso trist wie ihre Stimmung; der Himmel war bedeckt von tiefschwarzen Sommergewitterwolken, die einige kräftige Regenschauer ankündigten.

Es war früh am Morgen, als der Anruf kam: „Wir haben eine Leiche an der Uni gefunden. Adolf-Reichwein-Campus, Blauer Hörsaal."

„Blauer Hörsaal", murmelte Sabine verdrossen. „Wer streicht denn bitte einen Hörsaal blau?" Ihr Kollege, Kommissar Bastian Hardt, lachte kurz auf, erwiderte jedoch nichts. Er war Anfang dreißig, stämmig gebaut, von durchschnittlicher Größe, mit langen, schwarzen Haaren, die im Nacken zu einem Pferdeschwanz zusammengebunden waren und mit einem unauffälligen Gesicht ausgestattet. Die steten Lachfalten um die Augen verrieten seine Frohnatur. Er wirkte auf Anhieb sympathisch. Doch die Oberkommissarin kannte auch seine andere Seite. Er war mit einem unheimlichen Ehrgeiz versehen, der ihm schlaflose Nächte bescherte, wenn er anstatt zu schlafen, wieder über einem kniffligen Fall brütete. Er konnte auch sehr ernst sein. In solchen Momenten hatte sein Blick stets etwas Furchteinflößendes. Ein bisschen wie Jack Nicholson, hatte Sabine einmal gedacht. Obwohl er noch nicht lange bei der Kripo war, war sich Sabine sicher, dass dem Mann eine steile Karriere bevorstand.

Sie selbst war hochgewachsen, überragte Bastian um eine Handbreite. Das Aussehen der sportlichen Mittvierzigerin verriet auch ihre Persönlichkeit; die braunen Haare waren kurz geschoren und zeigten erste Graustiche. Die ebenfalls braunen Augen blickten wachsam. Sie strahlte eine immense Autorität aus. Dass sie lachen könnte, war schwer vorstellbar.

Ein uniformierter Polizist ließ sich ihre Marken zeigen und hob dann das Absperrband an, um die beiden in das Universitätsgebäude zu lassen. Ein weiterer Uniformierter führte sie zum Hörsaal. Bevor er die Tür öffnete, beschrieb er in knappen Worten die Szene, die sie erwartete.

„Lara Baumann, 25, Studentin hier. Das Reinigungsteam der Uni hat sie gefunden. Der Täter hat uns freundlicherweise ihre Handtasche mitsamt ihrem Ausweis und allem anderen Inhalt da gelassen. Der Gerichtsmediziner ist sich sicher, dass sie vergiftet wurde. Das Besondere ist aber: Die Leiche wurde auf einem Sitzplatz mitten in den Reihen des Hörsaals festgeklebt. Wir können daher ziemlich sicher von Mord ausgehen", sagte er, drückte die Klinke herunter und ließ die beiden Kommissare eintreten.

Der Geruch, der ihnen entgegenschlug, war überwältigend. Aber Sabine kannte das bereits: Fäkalien und Erbrochenes, häufig gemischt mit der metallischen Duftnote von Blut und dem süßlichen Gestank verwesenden Fleisches; der Geruch des Todes.

Die beiden letzten Aspekte fehlten hier jedoch. Die Leiche war scheinbar noch zu frisch, als dass der Verwesungsprozess weit fortgeschritten sein könnte. Da der Blutgeruch ebenfalls fehlte, wies der Körper vermutlich keine offenen Wunden auf.

Die junge Frau saß mitten im Hörsaal kerzengerade auf einem der Klappsitze, den Kopf nach links gedreht, als würde sie die Wand anstarren. Sabine und Bastian gingen auf den Gerichtsmediziner zu, der neben der Leiche kniete und ihnen den Rücken zugewandt hatte. Als er ihre Schritte hörte, richtete er sich auf und drehte sich zu ihnen um.

„Ah, die Kommissare Deutz und Hardt, willkommen." Er schüttelte beiden die Hände. „Auf jeden Fall ein Giftmord. Ich tippe auf Arsenik, vermutlich in Wasser gelöst, dann lässt es sich einfacher zuführen. Die Verätzungen in Mund und Rachen sprechen für das Gift. Kommen Sie, ich zeige es Ihnen."

Er führte die beiden an der Leiche vorbei auf die andere Seite, sodass Sabine das Gesicht der Toten begutachten konnte. Der Mund war offen, die leeren Augen starrten ins Nichts. Der Pathologe öffnete den Mund der Leiche etwas weiter und leuchtete mit einer Taschenlampe hinein. Die Umstehenden konnten die Wunden im Rachenraum erkennen. Sabine nickte, was der Pathologe als Zeichen sah, fortzufahren.

„Sie ist aber nicht unmittelbar an dem Gift gestorben. Eine akute Arsenvergiftung bewirkt unter anderem Durchfall, heftige Schmerzen und Erbrechen." Er zog einen Beweisbeutel aus der Tasche, in dem sich ein Stück Klebeband befand. „Sie wurde geknebelt, und konnte sich aufgrund des Klebers nicht bewegen. Sie erstickte an ihrem eigenen Erbrochenen."

Sabine kniff die Lippen zusammen und begutachtete die Frau genauer. „Todeszeitpunkt?"

„Vor weniger als fünf Stunden."

„Wieso wurde der Kopf in dieser Position festgeklebt?", fragte Bastian. Der Arzt zuckte mit den Schultern. „Der Täter wird seinen Grund gehabt haben, befürchte ich. Aber das herauszufinden, ist nicht mein Job", merkte er grinsend an. Bastian zog eine Grimasse und äffte ihn stumm nach, was ihm einen missbilligenden Blick von seiner Vorgesetzten einbrachte. Manchmal verstand sie ihren Kollegen nicht. Er kniete sich hin, um das Umfeld der Toten zu untersuchen. Plötzlich hielt er inne.

„Mir fällt da gerade etwas ein", murmelte er, mehr zu sich selbst als zu einem der anderen Anwesenden. Doch er schien noch mit sich zu hadern.

„Ich kann keine Gedanken lesen. Jetzt sag schon", knurrte Sabine.

„Ich habe mal von Statuen oder Denkmälern gelesen, die mit ihren Gesten in Richtung bestimmter Orte zeigen. Orte, an denen historisch wichtige Dinge geschehen sind, oder ähnliches. Was, wenn der Täter mit der Haltung der Leiche auch etwas in dieser Art ausdrücken will?"

Sabine starrte erst ihn, dann die Leiche an. „Er will uns irgendeinen Hinweis geben", murmelte sie. Jäh erhob sie sich. „Ich will Suchtrupps, Spürhunde, das volle Programm! Sucht das gesamte Blickfeld der Toten ab, mit Priorität auf allem, was in Uni-Nähe liegt. Wenn es hier etwas gibt, dass uns hilft den Fall aufzuklären, will ich, das es gefunden wird!" Die Mannschaft nickte und einige rannten hinaus, um ihre Anweisungen auszuführen.

Die Suche blieb erfolglos, egal wie sehr Sabine den Suchbereich vergrößerte. Als ihre Leute nach zwei Tagen noch immer nichts gefunden hatten, war sie verärgert. Das war reine Zeitverschwendung. Bastians Idee war für sie nicht mehr nachvollziehbar. Wo trieb er sich überhaupt herum? Er war nirgends zu finden. Als sie gerade ihr Handy zückte, um ihn anzurufen, kam er in ihr Büro gestürmt. Sie wollte ihrem Unmut Luft machen, doch er kam ihr zuvor.

„Wir haben einen Verdächtigen", rief er.

Auf dem Weg informierte Bastian sie über die neusten Erkenntnisse. „Das Arsenik stammt aus den Beständen der Uni, wurde gestern Abend nach einer Routinekontrolle als gestohlen gemeldet. Das Opfer hatte zwar einen Schlüssel für das Lager, aber das Gift wurde nicht bei ihr gefunden, weder in ihren Habseligkeiten, noch bei ihr Zuhause."

„Und was ist mit dem Verdächtigen?", drängte Sabine. Der Kommissar grinste.

„Bei der Befragung ihrer Freundinnen haben wir herausgefunden, dass sie eine Affäre mit einem ihrer Dozenten hatte. Ein Dr. Schwarzbruch. Es könnte sein, dass sie ihn erpresst und damit gedroht hat, die ganze Sache auffliegen zu lassen. Das hätte ihn seine Stellung kosten können."

Sabine überlegte. Das war zwar tatsächlich ein Motiv, aber sollte es wirklich so einfach sein?

Dr. Schwarzbruch war sichtlich beunruhigt, als die beiden den Verhörraum betraten. Er sprang auf und begann seine Unschuld zu beteuern. Sabine versuchte, ihn zu beruhigen, und bugsierte ihn sanft zurück auf seinen Stuhl. Mit Tränen in den Augen erzählte er ihnen bereitwillig alles, was die beiden von ihm wissen wollten. Die Frage, ob die Studentin ihn erpresst hätte, verneinte er vehement. Immer wieder betonte er, dass er der jungen Frau kein Haar gekrümmt hätte, und er auch länger das Lager nicht mehr betreten hätte.

„Ich bin hauptsächlich in der Didaktik tätig. Da verschlägt es mich selten in die Lagerräume", behauptete er noch, bevor seine Stimme brach und er anfing zu weinen. Eine Weile schluchzte er vor sich hin, und Sabine war sich unschlüssig, was sie tun sollte. Gerade wollte sie aufstehen, als Dr. Schwarzbruch sich nochmal aufsetzte.

„Warten Sie", bat er und zog die Nase hoch. „Bei unserem letzten Treffen erzählte sie mir, dass Sie jemanden kennengelernt habe, und unsere Beziehung beenden wolle. Ich fragte, mit wem sie sich traf, aber sie wollte mir das nicht verraten." Sabine zog die Augenbrauen hoch und tauschte einen schnellen Blick mit Bastian. Dieser zückte sein Notizbuch.

„Wann war das?", fragte er.

„Vor zwei Wochen", flüsterte der Dozent. „Das war das letzte Mal, dass ich sie gesehen habe."

„Unschuldiger geht's nicht", murmelte Sabine und zog die Tür des Verhörraumes hinter sich zu.

„Bist du dir sicher?", fragte Bastian. Seine Zweifel standen ihm ins Gesicht geschrieben. „Er könnte das auch alles gespielt haben." Sabine schüttelte den Kopf, schwieg jedoch. Die Möglichkeit bestand natürlich, aber sie vertraute auf ihren Instinkt. Sie wusste einfach, dass sie ihr Augenmerk nicht auf Schwarzbruch richten sollte.

„Befrag nochmal die Familie und die Freunde des Opfers", trug sie ihrem Kollegen auf. „Schwarzbruch schicken wir nach Hause. Er hat meine Nummer, falls ihm noch etwas einfällt." Bastian nickte knapp und machte sich auf den Weg.

Einige Stunden später saß Sabine in ihrem Büro und grübelte. Sie trat auf der Stelle, und das behagte ihr nicht. In ihr nagte die Ungewissheit, das peinigende Gefühl, irgendetwas übersehen zu haben. Doch sie kam nicht darauf, egal wie sehr sie auch überlegte und abwägte. Schließlich stand sie frustriert auf, um sich einen Kaffee zu machen.

Während die dunkle Flüssigkeit Tropfen für Tropfen die Kanne füllte, ging Sabine im Geiste nochmal alle Punkte durch. Die Position der Leiche, der Diebstahl des Giftes, die Beziehung des Opfers zu Schwarzbruch und dessen Rolle in all dem.

Plötzlich runzelte sie die Stirn. Ihr war ein Gedanke gekommen. Das Chemielager befand sich in einem anderen Gebäudeteil als der Hörsaal. Selbst wenn die Studentin einen Schlüssel für das Lager besaß, so war es doch unwahrscheinlich, dass sie auch einen für jeden Gebäudeeingang hatte. Wie konnte der Täter also zum Hörsaal gelangen?

Sie fluchte leise. Das rückte den Dozenten wieder näher in den Kreis der Verdächtigen. Hatte sie sich von ihm täuschen lassen? Schwarzbruch besaß sicherlich Schlüssel für alle möglichen Türen. Sie musste zu ihm fahren. Sofort.

Als sie schon in der Tür stand, klingelte ihr Handy Im Laufen zückte sie es und sah aufs Display. Unbekannte Nummer. Sie ging dran.

„Deutz?"

„Oh mein Gott, helfen Sie mir!"

„Dr. Schwarzbruch?" Sabine blieb stehen. „Was ist geschehen?"

„Ich … ich weiß es nicht. Ich muss bewusstlos gewesen sein, ich bin gerade aufgewacht, und … ich bin an einen Stuhl geklebt. Ich konnte meine Hände losreißen!"

„Beruhigen Sie sich. Können Sie mir sagen, wo Sie sind?"

„Auf jeden Fall in einem Uni-Gebäude. Es ist dunkel, ich kann nicht viel erkennen … Doch! Eine Raumkennung! Gebäudeteil K. Ebene 3. Bei dem großen Turm." Er stöhnte plötzlich auf. „Beeilen Sie sich, bitte. Ich fühle mich nicht so gut..."

Die Verbindung brach ab. Während sie Bastians Nummer aus ihren Kontakten heraussuchte, versuchte sie, sich den Lageplan des Campus ins Gedächtnis zu rufen.

Sie fluchte erneut, diesmal laut. Der K-Turm befand sich gegenüber des Hörsaaltraktes, in dem die Leiche gefunden wurde.

Und er lag im Blickfeld der Toten.

Sabine traf Bastian vor dem Eingang, der zum Gebäudeteil K führte. Obwohl sie nicht davon ausging, dass der Täter noch anwesend war, hatte sie das SEK angefordert, auch für den Fall einer Geiselnahme. Sie ließen sich kugelsichere Westen anlegen und warteten ungeduldig, bis jeder in Position war. Als sie die Freigabe bekam, nickte Sabine Bastian zu, und gemeinsam betraten sie das Gebäude.

Bastian schickte sie durch den Aufzug hinauf, sie selbst nahm die Treppe. So waren die beiden möglichen Fluchtwege für den Täter blockiert. Mit gezückter Waffe rannte sie die Stufen hinauf, immer zwei auf einmal nehmend. Als sie auf der dritten Ebene ankam, wartete Bastian bereits auf sie.

„Dr. Schwarzbruch?", rief sie. Zunächst Stille. Dann:

„Hier", kam es schwach aus dem Korridor. Sabine lief los, Bastian folgte ihr.

Schwarzbruch saß auf einem Stuhl, mitten im Korridor. Er hatte sich übergeben. Sein Hemd war gesprenkelt mit Erbrochenem. Sein leichenblasses

Gesicht war schmerzverzerrt. Sabine meinte, auch den Geruch von Kot zu bemerken.

Er war vergiftet worden.

Sie steckte die Waffe weg und wollte zu ihm eilen. Doch als sie auf ihn zuging, weiteten sich seine Augen. Er wurde panisch.

„Nein, nicht! Bleib weg, weg, weg!", kreischte er. Sabine blieb verwirrt stehen.

„Dr. Schwarzbruch? Ich will Ihnen helfen, was..."

„Nicht Sie! ER!"

„Leg die Waffe auf den Boden. Ich muss mit dir reden", ertönte kalt Bastians Stimme hinter ihr. Sein entschlossener Tonfall ließ keinen Zweifel. Er meinte es ernst.

Langsam nahm sie ihre Pistole aus dem Holster, legte sie auf den Boden und kickte sie weit von sich weg.

„Gut so. Jetzt dreh dich um und gib mir dein Funkgerät." Auch das tat sie. Bastian nahm das Gerät, gab die Meldung durch, dass sie Schwarzbruch gefunden hatten, er wohlauf und vom Täter nichts zu sehen sei. Die Mannschaft draußen entspannte sich. Die ganze Zeit über hielt er seine Waffe auf Sabine gerichtet.

„Willst du mich verarschen, Bastian?", fragte Sabine wütend. „Was soll das?"

„Ich musste sie bestrafen, alle beide!", sagte Bastian und leckte sich die Lippen. Schweißperlen bildeten sich auf seiner Stirn, obwohl es im Gebäude sehr kühl war. „Das Miststück hat mich mit diesem halben Hemd dort vorne betrogen!"

„Himmel!", stöhnte Schwarzbruch.

„Du hattest eine Beziehung mit Lara Baumann?", fragte Sabine erstaunt. Sie hatte nicht einmal gewusst, ob ihr Kollege überhaupt in einer Beziehung lebte. Bastian nickte.

„Seit zwei Jahren. Was hat sie dir erzählt, Schwarzbruch? Sie hätte jemanden *kennengelernt?*" Er lachte bitter auf. „Ich habe sie unterstützt, habe sogar ihre verdammten Semesterbeiträge bezahlt, damit sie ihr beschissenes Studium durchziehen konnte!" Mit jedem Wort wurde er lauter. „Und wie dankt sie es mir? Sie steigt mit DEM DA ins Bett! ICH LASSE ES NICHT ZU, DASS MAN MICH BETRÜGT!" Er blickte zu Schwarzbruch und grinste. Wahnsinn blitzte in seinen Augen auf. „Aber sie hat ihre Abrechnung bekommen, und du bist der Nächste!"

Ich muss Zeit gewinnen, ihn ablenken, dachte Sabine verzweifelt. „Wie bist du an das Gift gelangt?", fragte sie Bastian.

„Lara hatte einen Schlüssel für das Lager. Es war nicht schwer, sie davon zu überzeugen, nachts dort einzusteigen. Sie fand es aufregend." Er zuckte mit den Schultern. „Die anderen Türen waren nicht schwer zu knacken. So konnte ich sie auch in den Hörsaal verfrachten, nachdem ich sie bewusstlos geschlagen hatte."

„Wieso hast du ihre Handtasche dagelassen? Wäre es nicht besser gewesen, wenn sie vorerst unbekannt geblieben wäre?"

Bastians Kiefer mahlten. „Ich war zu ungeduldig. Der ursprüngliche Plan war, Schwarzbruch den Mord in die Schuhe zu schieben. Du solltest schnell von der Affäre erfahren. Doch dann habe ich im Verhörraum gesehen, wie schwach er war. So schwach, dass du sofort von seiner Unschuld überzeugt warst." Er schüttelte den Kopf. „Ich habe mich auch dafür verflucht, dir den Tipp mit der Position der Leiche gegeben zu haben. Anfangs wollte ich belastendes Beweismaterial hier im Turm verstecken. Den Behälter mit dem Arsen beispielsweise, zusammen mit dem Reagenzglas, in dem ich das Pulver in Wasser gelöst habe. Alles mit seinen Fingerabdrücken. Eigentlich wollte ich dich danach erst darauf hinweisen. Aber der Ermittler in mir hat in dem Moment überhandgenommen. Es war, als wäre ich jemand anderes, und nicht der Täter. Nun, es kam ohnehin alles anders. Als du ihn nach Hause schicktest, wurde ich panisch und fürchtete um meinen Plan. Er musste doch seine Strafe erhalten!"

Bastian blickte sie beinahe flehend an, als ob er um ihr Verständnis bitten würde. „Also habe ich ihn betäubt und hierher gebracht. Irgendwie muss er mitbekommen haben, dass ich es war, sonst hätte er mich vorhin nicht erkannt." Ärger schlich sich in seine Stimme. „Scheinbar war ich auch mit dem Kleber zu sparsam, sonst hätte er sich nicht befreien und dich anrufen können. Nun, jetzt ist es auch egal. Er stirbt bald, und du mit ihm!"

Er richtete die Waffe auf Sabine, sein Finger krümmte sich um den Abzug. Doch er zögerte. Diesen Augenblick nutzte Sabine zum Angriff. Sie rannte auf ihn zu, duckte sich und rammte ihre Schulter in seinen Bauch. Das metallische Klappern verriet ihr, dass er seine Waffe fallen gelassen hatte. Sie schlugen auf dem Boden auf. Zunächst lag Sabine auf ihm, doch Bastian schlug ihr mit Wucht gegen die Schläfe, und sie sackte benommen von ihm herunter. Ächzend hockte Bastian sich auf sie und grinste.

„Du bist verrückt geworden", krächzte Sabine, als er seine Hände um ihre Kehle schloss.

„Vielleicht", antwortete er. Er schwitzte vor Erregung. „Aber mir gefällt's!" Er drückte zu.

Sabine war schwindlig, sie konnte nicht klar denken. Die Luft wurde knapp, Panik stieg in ihr auf. Dann sah sie es.

Sein Zopf baumelte vor ihrem Gesicht. Ihr Sichtfeld konzentrierte sich nur darauf, und in ihrem Kopf stiegen Erinnerungen an zahllose Selbstverteidigungskurse auf. Das war ihre einzige Chance, ansonsten würde sie sterben.

Sie brachte ihre letzten Kräfte auf, packte den Pferdeschwanz mit der linken Hand und zog. Bastian stieß einen erschrockenen Schrei aus, sein Kopf schnappte nach hinten. Mit aller Kraft hämmerte Sabine ihre rechte Faust mehrmals gegen seinen Kehlkopf, bis dieser mit einem widerlichen Geräusch nachgab. Blubbernd ergoss sich ein Blutschwall aus Bastians Mund, und röchelnd sank er von ihr herunter. Zuckend und nach Luft ringend wälzte er sich über den Boden, während sie von ihm weg robbte und sich schwer atmend gegen eine Wand lehnte.

Sie wartete, bis er sich nicht mehr regte, bevor sie aufstand, ihm das Funkgerät abnahm und einen Notarzt verlangte. Zudem befahl sie einige Leute zu sich hinauf, um Schwarzbruch aus dem Gebäude zu bringen.

Sabine blickte zu dem Dozenten. Er atmete flach, seine Augenlider flatterten.

„Hil...fe...", stöhnte er leise.

„Alles wird gut", sagte Sabine beruhigend. „Es ist vorbei." In der Ferne hörte sie das rettende Martinshorn aufheulen.

Laut dem Psychologen hatte Bastian an der Schwelle zu einer Identitätsstörung gestanden. Dafür sprach das Überhandnehmen des Ermittlers bei der Untersuchung des Tatortes, wie er es genannt hatte. Scheinbar hatte die Erkenntnis, dass seine Freundin ihn betrogen hatte, ein schweres Trauma hinterlassen, welches bei seiner labilen Persönlichkeit auf fruchtbaren Boden traf. Es blieb nur die Frage offen, wie er durch die psychologischen Tests gelangen konnte, um bei der Kripo anzufangen. Doch damit musste sie sich nicht befassen.

Sabine betrat den Balkon ihrer Wohnung und atmete die kühler werdende Abendluft ein. Schwarzbruch war im Krankenhaus. Sein Zustand war kritisch, doch die Ärzte waren sich sicher, dass er es schaffen würde. Sie war relativ harmlos davongekommen; der Schlag gegen die Schläfe hatte eine leichte Gehirnerschütterung verursacht, die sich mit etwas Bettruhe leicht auskurieren ließ.

Vergessen würde sie das Geschehene nicht. Sie hatte gelernt, dass man sich die Kollegen, die man ins Team holte, genauer anschauen sollte. Sie schwor sich, in Zukunft bei der Auswahl aufmerksamer zu sein. Und auf keinen Fall würde sie wieder jemanden einstellen, der so fürchterliche Grimassen schnitt wie Bastian.

Sie umklammerte das Geländer des Balkons. Leichter Schwindel erfasste sie, ihr angeschlagenes Hirn verlangte nach Schlaf. Einen kleinen Moment würde es sich noch gedulden müssen. Am Horizont ging die Sonne unter und tauchte den Himmel in ein sanftes Orange. Sie atmete noch einmal tief durch. Dann drehte sie sich um und ging schlafen.

Über den Autor: Kevin Hupertz, geboren 1991 in Olpe, hat an der Universität Siegen Lehramt für Haupt-, Real- und Gesamtschulen mit den Fächern Englisch und Geschichte studiert. Im Austauschjahr 2014/15 war er als Fremdsprachenassistent an der Tiverton High School in Tiverton, England tätig, wo er als Muttersprachler unterstützend im dortigen Deutschunterricht mitgewirkt hat. In seiner Freizeit engagiert er sich für das Deutsche Rote Kreuz in seiner Heimatstadt Drolshagen und ist zudem Mitglied des Theater Ensembles Olpe.

Maria Dackweiler

Mord in der Universitätsbibliothek

Als Thorsten Köhler am Donnerstagmorgen um kurz vor acht Uhr seine Arbeit aufnahm, warteten schon die ersten Studenten darauf, dass die Türen der Uni-Bibliothek geöffnet würden. Thorsten Köhlner begann den Tag immer mit einem Kaffee, in den er Unmengen von Zucker schüttete. Aber heute Morgen war sein Kaffee selbst für seine Verhältnisse viel zu süß. Er überlegte kurz, ob er sich einen Neuen machen sollte, ging dann aber doch, die Tasse in der einen und den Schlüsselbund in der anderen Hand, seine Kontrollrunde durch die verschiedenen Ebenen der Bibliothek: Im ersten Stock, in der Erweiterung, erfüllte ein eigentümlicher Geruch seine Nase. Aber es roch hier eigentlich überall so. In diesem Teil der Bibliothek war die Zeit stehen geblieben. Die Luft wurde von Staubpartikeln erfüllt, die sich seit Jahrzehnten jedem Putzlappen und auch den Filtern der Lüftungsanlage entzogen hatten. Es roch wie im Kartenraum einer Schule, in dem Landkarten aus den letzten einhundert Jahren aufbewahrt wurden.

Er kontrollierte ein Bücherregal nach dem anderen, ruhig, fast träge, mit der mürrischen Routine seiner morgendlichen Unausgeschlafenheit, so wie er es schon seit vielen Jahren tat. Er musste sich nur schnell vergewissern, dass die Notausgänge zugänglich und die Lernstätten ordentlich waren. Schließlich würde er gleich die Türen öffnen, und die Nutzer hereinlassen. Er ging durch die Abteilungen der Psychologie, Pädagogik und vorbei an den Sozialwissenschaften. Als er in den Politikwissenschaften ankam, ganz hinten im Erweiterungsbau, stutzte er. Zwischen Locke und Rawls lag da, regungslos und mit überschlagenen Beinen, eine Frau. Die gehörte definitiv nicht hier hin. Sein letzter Erste-Hilfe-Kurs lag schon mehrere Jahrzehnte zurück. Aber, als er sich über die Frau beugte, wurde ihm schnell klar, dass er ihr nicht helfen konnte. Auch ein Arzt konnte da nichts mehr tun. Die Frau war tot.

Nach einer kurzen Nacht mit viel zu wenig Schlaf betrat Kommissar Martin Wolf den Teil der Bibliothek, in dem man vor einer Stunde die Leiche der jungen Frau gefunden hatte. Wie so oft in den letzten Wochen hatte er leichte Kopfschmerzen. Der weiche Teppich unter seinen Füßen, der bei jedem Schritt nachgab, irritierte ihn.

„Setzen Sie mich ins Bild!", raunte er der Beamtin zu, die kurz vor ihm am Tatort war und jetzt etwas hilflos neben der Leiche stand.

„Die Tote heißt Ines Weber, 23 Jahre, Studentin. Sie trug ihren Ausweis bei sich. Am Hinterkopf hat sie eine Platzwunde."

„Am Hinterkopf? Klingt nach äußerlicher Gewalteinwirkung. Lassen Sie das den Pathologen klären. Konnten schon irgendwelche Spuren gesichert werden?"

„Bis jetzt haben wir nur ihre Handtasche, ein paar Bücher und die Blutlache, in der sie liegt."

„Kümmern Sie sich darum, dass schnellstmöglich Proben ins Labor kommen! Die Spurensicherung soll sich mal gründlich umsehen."

Tötungsdelikte kannte er aus seiner Polizeiarbeit leider zu Genüge, neu war für Ihn der Tatort. Er hatte noch nie in einer Uni-Bibliothek ermittelt. Während die Spurensicherung damit begann, alles auf den Kopf zu stellen, befragte Kommissar Wolf den Mitarbeiter, der die Leiche gefunden und die Polizei gerufen hatte.

„Und Sie sind?", fragte Wolf den Mann, der in sich eingesackt zwischen zwei Regalen auf einem Stuhl saß.

„Thorsten Köhler, Bibliotheksmitarbeiter."

Der Mann richtete sich auf.

„Ich arbeite seit zehn Jahren hier. Mir ist zwar schon viel Mist zwischen den Regalen untergekommen, aber so etwas ist mir neu."

„Was haben Sie gemacht, bevor Sie die Leiche gefunden haben?"

„Ich habe meine Runde gedreht. Wissen Sie, die Studenten lassen gerne mal das ein oder andere Buch mitgehen oder verstecken Bücher an Stellen, wo nur sie sie finden. Sie hinterlassen an den unmöglichsten Stellen die größte Unordnung! Außerdem muss ich sicherstellen, dass Notausgänge und Fluchtwege frei sind."

Er holte Luft.

„Sie lag einfach da, als ich hier um die Ecke bog, so als wenn sie gerade gestolpert wäre."

Seine Stimme zitterte.

„Aber sie hatte keinen Puls mehr. Ich habe das gefühlt. So wie ich das im Erste-Hilfe-Kurs gelernt habe. Sie war schon kalt. Ich bin dann nach vorne zur Ausgabetheke und habe die 110 gewählt."

Köhler schaute starr vor sich hin. Er konnte seinen Blick nicht heben.

„Und Sie denken, die hat die ganze Nacht hier gelegen?"

„Das weiß ich nicht. Mein Kollege, der gestern Abend die Kontrolle gemacht hat, sagt, es war alles ganz normal. Keiner da. Wir schließen hier doch niemanden ein. Und dann kommt man ja hier auch nicht mehr rein, nachts. Außer uns hat hier keiner einen Schlüssel."

Der Mann ist fertig, dachte Wolf, aus dem war nichts mehr herauszubekommen. Er ging hinüber ins Bistro. Dort wollte er seine Gedanken ordnen. Obwohl es erst kurz vor 10 Uhr war, herrschte hier schon reger Betrieb. Die Bibliothek blieb heute geschlossen. Wolf hatte darum gebeten, den Todesfall erst einmal nicht zu kommunizieren. Die Presse würde am Nachmittag informiert und die Universitätsleitung hatte zugesagt, auch dann nur eine kurze Erklärung abzugeben.

Es war laut hier, im Bistro. Die Tabletts auf den Tischen, das Klappern von Tassen und Besteck und überall wurde sich lautstark unterhalten. Ausgerüstet mit einem heißen, schwarzen Kaffee und seinen Notizen, machte Wolf sich daran, sein weiteres Vorgehen zu planen. Die Studenten am Nebentisch würdigten ihn keines Blickes. Die dachten sicherlich er sei ein Professor oder ein Uni-Mitarbeiter. Er konnte ungestört das laufende Gespräch mit anhören.

„Habt ihr schon gehört, warum die Bib heute geschlossen ist? Die haben da angeblich eine Leiche gefunden!"

„Eine Leiche? In der Bib? Ist da jemand vor Langeweile gestorben oder vom Teppich aufgefressen worden?"

Wolf nahm sich vor, den Mitarbeitern der Bibliothek noch einmal einzubläuen, keine Informationen nach außen zu tragen.

„Kennt ihr diesen schlechtgelaunten Mitarbeiter, der immer die Bücher wegsortiert? Der soll wohl irgendwas damit zu tun haben."

„Das würde mich nicht wundern, wenn der einfach durchgedreht ist und jemanden mit seinen Büchern erschlagen hat. Einmal hat er mich vor allen anderen zur Sau gemacht, weil ich mein Buch nicht auf sein Wägelchen gelegt, sondern auf dem Tisch habe liegen lassen ..."

Wolf hatte genug gehört. Da brodelte es ja schon heftig in der Gerüchteküche. Das musste aufhören. Hatte die Beamtin vielleicht auch geplaudert? Die musste er noch einmal einnorden, und die Mitarbeiter der Bibliothek auch. Zuerst musste er allerdings

39

ins Büro, um die Ermittlung in Gang zu setzen. Vom Studierendensekretariat hatte er die Information bekommen, dass Ines Weber im sechsten Semester Medienwissenschaften studierte. Sie war zu Studienbeginn von Dortmund nach Siegen gezogen und seit nunmehr zwei Jahren im Ortsteil Weidenau gemeldet.

Sie lebte in einer WG zusammen mit zwei Kommilitonen. Die Wohnung lag im dritten Stock eines schäbigen Hauses, das in einer zwielichtigen Ecke, direkt zwischen Hauptstraße, Eisenbahnbrücke und einer fragwürdigen Bar stand. Als er das Treppenhaus betrat, fielen ihm zahlreiche Aushänge auf: „Das Treppenhaus hat min. einmal in der Woche geputzt zu werden! Gez. EG links" und „Die Nachbarn möchten sich bitte an die Hausordnung und Ruhezeiten halten! Gez. EG links" waren noch die nettesten Formulierungen, die da jemand offensichtlich noch mit einer alten Schreibmaschine auf das ausgehängte Papier gehämmert hatte.

Einen Aufzug gab es nicht. Also nahm er die Treppe. Schon im zweiten Geschoss keuchte Wolf. Sport war nicht sein Ding. Als er vor der Etagentür stand, musste er erst einmal verschnaufen. Dann drückte er den abgenutzten Klingelknopf. Über der Klingel stand, mit reichlich Tesafilm fixiert: „Nils Oster, Kolja Thalberg & Ines Weber".

Es dauerte eine Weile, bis sich die Tür öffnete. Vor ihm standen zwei junge Männer. Offensichtlich Ines' Mitbewohner. In ihren schmuddeligen Jogginghosen und mit den ungewaschenen Haaren sahen sie aus, als seien sie gerade aus dem Bett gefallen. Wolf stellte sich vor. Etwas irritiert baten sie den Kommissar herein. Sie gingen in die Küche.

„Also es geht um Ihre Mitbewohnerin, Ines Weber, Ich habe da ein paar Fragen an Sie…"

„Stimmt es, dass sie ermordet wurde?"

Kolja, der in Norwegerpulli und Sandalen von den beiden noch den besseren Eindruck machte, ließ den Kommissar nicht aussprechen.

„Dazu kann ich zurzeit noch nichts sagen."

Wolf räusperte sich und nahm sein Gegenüber genauer ins Visier.

„Können Sie sich erinnern, wann Sie Frau Weber das letzte Mal gesehen haben?"

Kolja nickte.

„Also ich habe sie am Mittwoch, gegen Mittag, das letzte Mal gesehen, da bin ich los zur Uni. Sie hat mittwochs ja immer Seminar bis vier. Es ging ihr eigentlich ganz gut. Sie war halt etwas gestresst, wegen der Bachelorarbeit, aber das ist ja normal."

Kolja schaute zu Nils, der bisher nichts gesagt hatte. Sein T-Shirt war schmutzig, Haare und Bart ungekämmt.

„Ich war den ganzen Tag zu Hause. Ines ist so gegen zwei los. Sie wollte sich später mit mir noch zum Lernen treffen. Aber da hat sie mich dann versetzt. Ich habe mir dabei nichts gedacht, manchmal entscheidet sie sich einfach anders. Sie ist ziemlich chaotisch. Sobald ihr ein neuer Gedanke für ihre Arbeit kommt, lässt sie alles stehen und liegen und kümmert sich nur noch darum."

„Was studieren Sie beide?", fragte Wolf und schaute Nils offen ins Gesicht.

„Ich studiere Wirtschaftsrecht. Kolja studiert Geschichte und Philosophie."

Nils machte eine kleine Pause, die er dazu nutzte einen abfälligen Blick auf Kolja zu werfen. „Und", fuhr er dann fort: „er spielt Schlagzeug. Wenn der in seinem Zimmer anfängt zu üben, flüchten Ines und ich öfter mal aus der Wohnung. Man kann sich hier dann einfach nicht mehr konzentrieren." Kolja wollte protestieren, sagte dann aber doch nichts und hörte weiter zu, was Nils dem Kommissar sagte.

„Es geht wirklich nicht. Also haben Ines und ich damit angefangen gemeinsam in die Bib zu gehen. Ines hat dann Bücher für ihre Bachelorarbeit gewälzt und ich habe Wirtschaftsrecht gepaukt."

Mit einer heftigen Bewegung stellte Kolja seine Flasche Mate auf dem Küchentisch ab.

„Ach komm, ihr habt euch doch nicht nur zum Lernen getroffen!"

Er schaute zu Wolf.

„Die beiden hatten letztes Semester etwas am Laufen, das habe ich mitbekommen. Die sind öfters zusammen abgehauen, auch wenn ich nicht gespielt habe."

„Stimmt das? Hatten Sie eine Affäre mit Frau Weber?"

„Affäre würde ich das nicht nennen. Wir haben uns ein paar Mal abseits der Uni getroffen, zum Reden. Und ja, da lief auch kurz was. Aber es hat nicht so richtig geklappt, sie wollte sich dann irgendwann nur noch zum Lernen mit mir treffen. Und selbst diese Treffen wurden immer weniger. Und weil sie mich am Mittwoch auch wieder versetzt hat, habe ich mir deswegen auch gar keine Gedanken mehr gemacht."

Wolf ließ sich von den beiden die Handynummer geben, damit er sie erreichen konnte, wenn er noch Fragen hätte und ging dann. Unten, im Treppenhaus wurde er von einer Frau abgefangen. Sie war schon etwas älter. Wolf kam der Gedanke, dass sie die Autorin der mit „EG links" signierten Aushänge sein könnte.

„Waren Sie bei den Studenten im dritten Stock? Haben die wieder Ärger gemacht?"

Wolf mochte es nicht, wenn man ihn so aus dem Nichts heraus ansprach. Aber er blieb ruhig.

„Darüber darf ich mit Ihnen leider nicht sprechen, ich wünsche noch einen schönen Tag."

Wolf drehte sich um, entschlossen zu gehen. Aber die Alte war noch nicht fertig.

„Sie sind von der Polizei? Nicht wahr? Diese Rotzbengel haben doch wieder etwas ausgefressen! Vor ein paar Tagen erst haben sie wieder gestritten, mitten in der Nacht. Das war so laut, dass ich davon geweckt wurde und mich beschweren musste!" Wolf stieß einen kleinen Seufzer aus und machte auf der Treppenstufe kehrt. Man konnte sich die Zeugen nicht danach aussuchen, ob sie einem sympathisch waren.

„Wann genau war das? Konnten Sie hören, was der Grund für die Auseinandersetzung war?"

„Es war nachts, wie ich gesagt hatte. Ich habe schon tief geschlafen. Wissen Sie, ich lege großen Wert auf meinen Schlaf und gehe daher zeitig ins Bett. Es muss so gegen halb neun passiert sein. Diese Studenten haben sich wie Wilde aufgeführt! Das Mädchen hat geschrien und jemand hat mit Geschirr geschmissen! Und das nicht nur einmal. Als ich dann hochging, um mich zu beschweren, hörte ich, dass das Mädchen schrie, er solle sie in Ruhe lassen. Ihr Geschrei war nicht zu überhören. Sie hat eine sehr kräftige Stimme, die junge Frau."

„Und was haben Sie gemacht?"

„Ich habe geklingelt. So einen Krach muss ich mir in meinem eigenen Haus ja nicht bieten lassen!"

„Sie sind die Eigentümerin?"

„Ja, habe ich das nicht gesagt?"

„Nein, und wie ging's weiter?"

„Der ungepflegte von den beiden Jungs hat mir aufgemacht. Der, der aussieht, als wäre er von bärtigen Wölfen großgezogen worden. Oster heißt er, glaube ich."

Den Kommentar über die bärtigen Wölfe konnte der Kommissar auch auf sich beziehen. Auch er hätte mal wieder eine gründliche Rasur nötig gehabt. Doch das war hier nicht das Thema.

Die Frau war wirklich unsympathisch. Trotzdem hörte er sich noch an, wie sie darüber schimpfte, dass die Bewohnerin aus dem 1. Stock rechts gerne laute

Popmusik hörte und der alte Mann im zweiten Stock erstaunlich oft Frauenbesuch empfing. Dann ging er, ohne sich von der schimpfenden Hausbesitzerin zu verabschieden, direkt ins Präsidium. Dort veranlasste er die Durchsuchung der Weidenauer WG. Dieser wildbärtige Herr Oster schien ein kleines Aggressionsproblem zu haben und die Beiden hatten wohl auch etwas Anderes als Lernen gemacht. Das war doch schon mal was. Sicherheitshalber ließ er noch einen Termin für ein Gespräch mit Herrn Köhler vereinbaren. Der hatte bestimmt noch nicht alles gesagt.

Wolf traf den Bibliotheksmitarbeiter ein paar Tage später in der Cafeteria der Universität.

„Danke, dass Sie sich noch einmal Zeit für mich nehmen."

„Ach was, Herr Kommissar. Das ist ja schon eine wichtige Arbeit, die Sie da machen. Da helfe ich gerne. Außerdem, solang ich nicht an meinen Arbeitsplatz darf, weiß ich auch nichts mit mir anzufangen."

Er zuckte gleichgültig mit den Schultern.

„Warum gehen Sie nicht nach Hause und genießen ihren Zwangsurlaub?" fragte Wolf.

„Stress mit der Gattin. Sie kennen das vielleicht. Nach dreißig Jahren Ehe kriselt es öfters mal. Wegen Rechnungen oder weil ich wieder etwas von ihr verlegt habe…"

„Haben Sie zu Hause viel Stress?"

„Ich dachte, Sie wollten über das Mädchen sprechen und nicht über mein Privatleben?"

Köhler wurde nervös. Wolf hatte da offensichtlich einen wunden Punkt berührt. Das muss nichts zu sagen haben, dachte er, aber wer weiß, manchmal stimmte ein Klischee ja auch.

„Entschuldigung," sagte er, "also von vorne: Welche Aufgaben genau haben Sie in der Bibliothek?"

„Naja, Bücher einsortieren hauptsächlich. Die Studis lassen alles Mögliche in den Regalen liegen! Ich muss den ganzen Müll wegräumen und dafür sorgen, dass alles ordentlich ist. Es gibt da bestimmte Personen, die sind fast jeden Tag in der UB, schreiben irgendwelche Arbeiten, kümmern sich um nichts Anderes und benehmen sich wie Säue. Entschuldigung, dass ich das so direkt sage."

„Und Sie meinten, Sie kontrollieren auch die Notausgänge und Brandschutztüren?"

„Ja genau. Das ist das Wichtigste. Die Fluchtwege müssen immer frei sein, damit man im Fall der Fälle schnell aus dem Laden rauskommt. Selbst nachts. Das macht meine Arbeit nicht unbedingt leichter. Zu Beginn und Ende jeder Schicht muss ich immer durch das komplette Gebäude laufen. Der Laie macht sich da gar keine Vorstellung von, wie viele Sicherheitstüren und unterschiedliche Schließungen es hier gibt. Aber was muss, das muss."

„Und, ist Ihnen am Donnerstagmorgen beim Begehen dieser Türen etwas aufgefallen?"

„Nein, nein. Alles normal, alles wie immer."

Wolfs gerade noch so redseliges Gegenüber wurde auf einmal ziemlich wortkarg und gab zu verstehen, dass es jetzt für ihn an der Zeit war, nach Hause zu fahren. Wolf konnte ein leichtes Grinsen nicht unterdrücken. Aber er hatte für heute auch genug gehört. Jetzt musste er erst einmal alles in Ruhe durchdenken.

Zum Beginn der neuen Woche erwartete Kommissar Wolf auf seinem Schreibtisch ein Berg an Arbeit. Er begann sich durch die Akten zu wühlen. Aussagen, Formulare und Protokolle. Er hatte die ganze Maschinerie ja selbst angeworfen. Da musste er jetzt durch. Mittlerweile stand fest, dass es sich um einen Mordfall handelte. Die Obduktion hatte ergeben, dass Frau Weber durch starke äußerliche Gewalteinwirkung, wahrscheinlich mit einem gezielten Schlag auf den Hinterkopf, getötet wurde. Da hatte jemand mit großer Wucht zugeschlagen.

Wolf beschloss, sich erst einmal auf zwei Tatverdächtige zu konzentrieren, den mürrischen Bibliotheksmitarbeiter und den wildbärtigen Mitbewohner des Opfers. Der Bibliothekar hatte ungehinderten und vor allem auch unkontrollierten Zugang zum Tatort. Er wusste genau wann und wie er das Gebäude betreten und verlassen konnte, selbst nach Einschluss. Der Mord wäre für ihn als „Insider" kein Problem gewesen. Das Problem war das Motiv. Ein mürrischer Angestellter, der weder im Job noch im Privaten zufrieden ist, lässt seinem Frust über die Unordnung in der Bibliothek freien Lauf und erschlägt eine Studentin, die ein Buch nicht in das richtige Regal stellt? Das war eher schwach.

Nils Oster hingegen hatte für die Tatzeit ein schlechtes Alibi. Außerdem stand er in einer Beziehung zum Opfer. Ob nun lediglich als Mitbewohner, Lernpartner oder vielleicht als zeitweiliger Liebhaber. Das müsste man sich noch mal genau anschauen. Bloß, wie war er nach dem Mord aus der verschlossenen Bibliothek gekommen?

Beim Durchgehen der Dokumente landete er irgendwann beim vorläufigen Protokoll der Spurensicherung. Seine Kollegin hatte darin vermerkt: „Einige Bücher lagen unsortiert in den beiden angrenzenden Regalen." Darunter eine Liste der Buchtitel: „Die Bildanalyse des 20. Jahrhunderts", „Politischer Liberalismus", „Klassiker des politischen Denkens" und „Buchhaltung und Jahresabschluss". Die Bücher mussten nach dem Kontrolldurchgang des Bibliotheksmitarbeiters dort hingelangt sein. Zudem schien ihm die Kombination etwas absonderlich. Um seine Gedanken zu beschleunigen, machte er sich auf den Weg in die Kaffeeküche. Eine heiße Tasse schwarzen Kaffees würde seine grauen Zellen sicher ankurbeln. So kam er nicht weit.

Vor der Kaffeeküche fing ihn die Kollegin, die vor einigen Tagen mit am Tatort gewesen war, ab. Sie hatte gerade den abschließenden Bericht der Spurensicherung bekommen.

Wolf verzichtete auf seinen Kaffee.

In diesem Fall war das Problem für die Spurensicherung, dass sie das Alter der Spuren nicht immer zuverlässig einordnen konnten. Die Bibliothek war ein viel frequentierter Ort. Da gab es von jedem Nutzer Spuren. Die Fingerabdrücke und DNS-Spuren von Thorsten Köhler waren eindeutig zuzuordnen. Es gab auch Spuren von Nils Oster. Direkt an der Leiche hatten sich Haare seines ungepflegten Bartes gefunden. Das waren sehr eindeutige Spuren. Zudem gab es an Kleidungsstücken in der Wohnung, das hatte die Durchsuchung ergeben, Blutspuren von Ines Weber, unter anderem auch an ein paar Turnschuhen. Wenn die dem verdächtigen Oster gehörten, dann war das allein schon ein taugliches Beweismittel. Wahrscheinlich hatten die beiden auch eine intime Beziehung gehabt. Im Wäschekorb neben der Waschmaschine befand sich Unterwäsche des Opfers, an der DNS-Spuren von Oster waren.

„Ich glaube das reicht für einen Haftbefehl", sagte Wolf zu seiner Kollegin und rief den Staatsanwalt an.

Nils Oster fühlte sich sichtlich unwohl, als er von zwei uniformierten Polizisten in den Vernehmungsraum geführt wurde. Er hatte sich heute Morgen instinktiv gegen das „Schandmaul"-Shirt und für ein einfaches, schwarzes Hemd entschieden. Auf dem Tisch des Vernehmungsraumes standen, in einer durchsichtigen Plastiktüte verpackt, seine Turnschuhe.

„Wo haben Sie die her?"

Er wollte die Schuhe vom Tisch nehmen, aber die Beamten hielten ihn zurück.

„Nehmen sie erst einmal Platz", sagte Kommissar Wolf. Er begann mit der Vernehmung.

„Sie gaben an, Wirtschaftsrecht zu studieren. Stimmt das?"

„Ja, das ist richtig."

„Ich hoffe mal, dass in ihrem Studium neben der Wirtschaft auch so viel Rechtswissenschaft enthalten ist, dass Sie wissen, was das hier jetzt ist?"

„Ja, ich denke schon."

Der Mund von Nils wurde trocken. Er versuchte sich zu konzentrieren.

„Sie waren am Mittwoch auf dem Adolf-Reichwein-Campus, in der Bibliothek?"

„Ja."

Nils hatte sich dafür entschieden immer so kurz wie möglich zu antworten.

„Und was wollten Sie dort? Lernen? Die Bücher für das Wirtschaftsrecht stehen doch schon seit einiger Zeit in der neuen Bibliothek im Unteren Schloss? Oder?"

„Ja, aber ich habe Ines doch nur beim Korrekturlesen und Recherchieren geholfen…"

„Ines? Sie geben also zu mit ihrer Mitbewohnerin in der Bibliothek gewesen zu sein. Sie hat sie also nicht versetzt, am Mittwoch?"

„Nein, nicht so ganz …"

Nils geriet ins Stocken.

„Und wir haben da noch etwas", Kommissar Wolf griff nach einem Buch. Auch das war als Beweismittel in eine durchsichtige Tüte eingeschweißt. Er hielt es Nils unter die Nase: „Haben Sie ‚Buchführung und Jahresabschluss' nicht schon vermisst? Etwa seit Mittwochnacht?"

„Nein", schrie Nils. Er hämmerte wie wild mit den Fäusten auf den Tisch. Immer wieder schrie er: „Ich habe sie nicht umgebracht, diese Schlampe. Ich nicht!"

Wolf ließ ihn abführen. Eigentlich war es das, dachte er. Die Beweise waren stichhaltig. Er würde jetzt noch einmal Thorsten Köhler in die Mangel nehmen. Wenn der vielleicht doch einen offenen Notausgang übersehen oder aus falschem Stolz nicht gemeldet hatte, dann wäre auch die Frage geklärt, wie der jähzornige Herr Oster nach seiner Tat aus der verschlossenen Bibliothek heraus gekommen war.

Wolf wurde in seinen Gedanken von der jungen Kollegin unterbrochen: „Wir haben da jemanden, der Sie unbedingt sprechen will. Eine Frau. Sie will nur mit Ihnen sprechen."

„Dann lassen Sie sie mal rein."

Es war die alte Frau, die ihn im Flur des Hauses angesprochen hatte, die schlafliebende Eigentümerin.

„Ich muss Ihnen etwas melden, Herr Kommissar."

Oh Gott, dachte Wolf, die brauche ich jetzt wirklich nicht. Er strich über seinen ziemlich wilden Dreitagebart und nahm sich vor, jegliche Kommentare über Bärte und sonstige Äußerlichkeiten mit sofortigem Rauswurf zu beantworten.

„Er spielt die ganze Zeit auf seinem Schlagzeug, dieser ungewaschene Junge."

„Wir sind hier nicht das Ordnungsamt."

„Er spielt Schlagzeug und singt und schreit; schreit, wie verrückt, stundenlang immer und immer wieder: Ines, Ines, Ines. Das ist doch nicht normal."

Wolf kramte ungerührt in den Unterlagen. Die alte Frau hatte den Eindruck, dass er ihr gar nicht zuhörte.

„Wenn Sie nicht auf der Stelle tätig werden, lasse *ich* die Tür aufbrechen. Er hat gestern sogar aus dem Fenster mit seinen dreckigen Turnschuhen nach mir geworfen, dieser Taugenichts. Er dreht völlig durch."

Turnschuhe? Mist. Das war's, was er vergessen hatte. Wolf wurde hektisch.

„Gehen Sie", sagte er zu der Frau, „wir kümmern uns um ihren Mieter."

Wie konnte er das nur vergessen? Er hatte die Turnschuhe doch schon im Vernehmungsraum auf den Tisch gelegt. Aber dann war der Beschuldigte aggressiv geworden. Da war er gar nicht mehr dazu gekommen, ihn zu den Turnschuhen zu befragen.

Kommissar Wolf beschloss direkt in die JVA nach Attendorn zu fahren. Er wollte das jetzt klären. Nils Oster ins Präsidium zu bringen dauerte zu lange. Den Termin mit Thorsten Köhler konnte auch die Kollegin machen.

Nach knapp zwei Stunden war Kommissar Wolf wieder im Büro. Er war ausnahmsweise einmal zufrieden. Im Zimmer nebenan lief noch die Befragung von Thorsten Köhler. Er musste nicht dabei sein. Die Kollegin sollte den Griesgram ruhig noch einmal alleine in die Mangel nehmen.

„Und", sagte die Kollegin, als sie, mit der Befragung fertig, zu Wolf ins Büro kam, „ich habe gehört Sie haben das Geständnis?"

„Ja. Er hat das Protokoll schon unterschrieben. Es gab keine Verabredung. Er ist ihr heimlich gefolgt. Als er sie angefasst hat, in der dunklen Ecke der Bibliothek, da hat sie sich gewehrt und er hat sie, jähzornig wie er ist, gepackt und ihren Kopf an die Wand geschlagen. Beton aus den Siebzigern. Das hält der beste Schädel nicht aus."

„Und hat er Ihnen auch erzählt, wie er aus der verschlossenen Bibliothek gekommen ist?"

„Nein, aber das ist wohl nicht so wichtig, er ist ja rausgekommen."

„Ich glaube, dann habe ich da noch was für Sie."

Die Kollegin lächelte.

„Thorsten Köhler hat gerade gestanden, dem Opfer in den letzten Semesterferien einen Schlüssel, ein nicht registriertes Zweitexemplar, für die Bib gegeben zu haben. Sie lernte immer gerne nachts, sagt er."

„Ne, das glaub ich jetzt nicht."

Wolf war entnervt. Er hatte keine Lust das schöne Geständnis in die Tonne zu kloppen und noch einmal von vorne anzufangen.

„Keine Sorge Chef, Köhler hat sie nicht ermordet. Ich habe sein Alibi überprüft. Das ist wasserfest. Womit sich das Opfer den Schlüssel verdient hat, müssen wir ja nicht klären. Wir sind ja nicht die Sitte. Aber der Schlüssel ist da. Unser Freund Oster hat ihn an sich genommen. Damit ist er aus der UB raus."

„Und das ist hoffentlich der Schlüssel, den die Spurensicherung unter der Einlegesohle des Sportschuhs gefunden hat?"

„Ja."

„Dann war unser Herr Bibliotheksmitarbeiter doch nicht so sauber wie er tat, auch wenn er die Studentin nicht ermordet hat. Gute Arbeit."

Wolf klopfte der Kollegin anerkennend auf die Schulter. Die zuckte zusammen, solche emotionalen Gesten kannte sie von Wolf nicht.

„Feierabend."

Etwa zur gleichen Zeit schaute in der Justizvollzugsanstalt Attendorn der Untersuchungshäftling Nils Oster aus dem kleinen vergitterten Fenster des Neubaus. Mit seinen Gedanken war er immer noch bei Ines in der nächtlichen Bibliothek. Er dachte daran, wie er den Schlüssel an sich genommen, ihn mit zitternden Händen in das Schloss der Notausgangstür gesteckt und seine unerwiderte Liebe ein letztes Mal verlassen hatte. Wäre das alles ein paar Jahre früher passiert, als die Justizvollzugsanstalt noch in Siegen im Unteren Schloss war, dann säße er jetzt in einer der Räume, aus denen das Buch stammte, das ihn verraten hatte.

Über die Autorin: Maria Dackweiler wurde 1988 geboren. Von ihrer Mutter hat sie schon in jungen Jahren die Liebe zum Lesen mitgegeben bekommen. Nach der Mittleren Reife absolvierte sie zunächst eine Ausbildung zur Gestaltungstechnischen Assistentin in Siegen. Später legte sie dort ihr Abitur ab. Neben anderen kreativen Tätigkeiten wie Nähen oder Fotografieren, fing sie auch das Schreiben an und veröffentlichte Texte im Internet. An der Universität Siegen studierte sie kurze Zeit Germanistik und Amerikanistik, wechselte dann aber zu den Sozialwissenschaften. Ihr Studium schloss sie im Herbst 2017 ab.

Darya Sigal und Franziska Franke

Auf der schiefen Bahn

Meine beste Freundin ist verschwunden und die Polizei will mir nicht helfen. Also muss ich sie selbst suchen. Ich weiß, dass etwas passiert ist! Woher? Ich weiß es einfach!

Ich habe mehrmals versucht sie anzurufen. Immer nur die Mailbox. Es ist so untypisch für sie. Sie hatte ihr Handy eigentlich immer in der Hand. Den einzigen Hinweis auf ihren letzten Aufenthaltsort habe ich auf Instagram gefunden: Ein von ihr gepostetes Bild aus der Bibliothek am Adolf-Reichwein-Campus. Gestern Abend. Und dorthin sind Tom und ich jetzt unterwegs. Tom ist mein Freund und der Einzige, der bereit ist, mir zu helfen. Er ist Polizist, welch Ironie.

Während Tom fährt, klicke ich mich ein weiteres Mal durch die Bilder auf Viviens Instagramseite. Ich sehe sie mir genau an. Suche nach weiteren Hinweisen. „Hier. Dieser Typ." Ich halte Tom mein Handy entgegen. Er wirft einen kurzen Blick darauf. „Er taucht immer wieder im Hintergrund auf." Mein Magen verkrampft sich bei dem Gedanken, er könne Vivien etwas angetan haben. „Vivien hat mir mal von einem heimlichen Verehrer erzählt. Jemand, der sie heimlich beobachtet. Vielleicht ist er das."

„Mach dich nicht verrückt, Lena." Tom greift nach meiner Hand und drückt sie. „Wir finden sie."

Hoffentlich.

Eine Viertelstunde später stehen wir in der Bibliothek. Es ist kurz nach zwölf Uhr mittags. Vor fast vierundzwanzig Stunden habe ich Vivien das letzte Mal gesehen – beim Mittagessen in der Mensa.

Es dauert nicht lange, dann stehen Tom und ich direkt vor der Bibliotheksangestellten am Schalter. „Hallo. Ich bin auf der Suche nach meiner Freundin. Sie ist verschwunden. Das Einzige, das ich weiß, ist, dass sie gestern Abend hier in der Bibliothek zum Lernen war", versuche ich die Situation so kurz wie möglich zu erklären. Dann zeige ich ihr ein Bild von Vivien. „Haben Sie sie zufällig gesehen?"

Die Frau sieht sich das Bild genau an. „Tut mir leid." Sie schüttelt bedauernd den Kopf. „Hier sind immer so viele Studenten, da ist es schwierig, sich einzelne Gesichter zu merken."

„Und dieser Typ?" Ich halte ihr mein Handy ein weiteres Mal hin. „Haben Sie den schon einmal gesehen?"

„Ja."

Mein Herz macht einen Satz bei dem kleinen Wort und fängt dann an gegen meinen Brustkorb zu hämmern.

„Er ist sehr häufig hier", fährt die Angestellte fort.

„Auch gestern Abend?"

Die Dame überlegt kurz. „Ja, auch gestern Abend."

Meine Aufregung steigt. „Wissen Sie, wie er heißt? Oder wo er wohnt?"

„Nein, tut mir leid."

Und schon bekommt meine Aufregung einen Dämpfer.

Die Bibliotheksangestellte sieht mich mitleidig an. „Es tut mir wirklich leid, dass ich Ihnen nicht weiterhelfen kann."

Ich nicke nur matt und wende mich vom Schalter ab. Wo sollen wir nur weitermachen? Vivien hätte, nachdem sie die Bibliothek verlassen hat, überall hingegangen sein können! Wenn sie die Bibliothek überhaupt verlassen hatte!

„Darf ich mal sehen?"

Ich blicke hoch und begegne dem Blick einer jungen Studentin. Sie deutet auf das Handy in meiner Hand.

„Klar." Ich zeige ihr das Bild.

Sie nickt, als sie das Bild sieht. „Rafael Bremer. Eindeutig."

„Du kennst ihn?"

„Ja, er ist mein Nachbar im Wohnheim. Ein ziemlich stiller und unscheinbarer Typ. Etwas sonderbar. Er redet kaum mit jemandem."

Ich werfe einen aufgeregten Blick zu Tom. „Kannst – kannst du uns hinführen?" Meine Stimme überschlägt sich fast.

„Klar."

Wohnanlage *Am Nordstern*. Nikki führt uns bis zur Wohnungstür von diesem Rafael Bremer, danach lässt sie uns allein. Tom und ich klopfen mehrmals, aber Rafael macht nicht auf. Vielleicht ist er auch nicht da. Keine Ahnung. Aber ich kann so nicht wieder gehen, nicht ohne Gewissheit zu haben.

„Tom, bitte", wiederhole ich wieder.

„Wir können nicht einfach seine Wohnungstür aufbrechen", beharrt Tom.

„Was ist, wenn Vivien etwas passiert ist und dieser Rafael etwas damit zu tun hat? Bitte, Tom, wir müssen es wenigstens versuchen."

Tom fährt sich mit seiner Hand durchs Gesicht und seufzt tief. „Okay, gut", willigt er schließlich ein. Überzeugt ist er nach wie vor nicht, aber er holt eine Karte aus seinem Portemonnaie und beugt sich zum Türschloss hinunter.

Ganz wohl ist mir bei der Sache auch nicht, aber irgendwo müssen wir ja anfangen.

Mit wenigen Griffen öffnet Tom die Tür.

„So etwas lernt man aber nicht in der Polizeiausbildung, oder?" Ich bemühe mich um einen lockeren, unbeschwerten Tonfall, aber mein Herz pocht mir bis zum Hals.

Tom grinst lediglich. Er betritt die Wohnung als erstes und guckt sich wachsam um. Nur für den Fall.

„Es ist niemand hier."

Ich weiß nicht, ob ich erleichtert oder enttäuscht sein soll.

Ich betrete ebenfalls das Zimmer. Das erste, was mir auffällt ist, dass dort eine penible Ordnung herrscht. Alles in Rafaels Zimmer scheint einen festen Platz zu haben. Nichts liegt herum. Bis auf ein Buch. Es liegt auf seinem Bett. *Abgewiesen.* Auf dem Cover erkennt man Handschellen. Es passt so gar nicht zu dem Rest des Zimmers. Mir läuft ein Schauer über den Rücken. Als ich das Buch in die Hand nehme, rutscht etwas aus den Seiten und segelt zu Boden. Vivien lächelt mir auf einem Foto entgegen.

Im ersten Moment bin ich wie erstarrt. Meine Hände werden eiskalt und ich kann meine Augen nicht von dem Bild abwenden.

Ich blicke zu Tom. Er sieht mir direkt an, dass etwas nicht stimmt und kommt zu mir herüber. Er bemerkt das Foto auf dem Boden und hebt es auf. Sein Blick weilt einen sehr langen Moment darauf. „Das kann kein Zufall sein, Lena", sagt er schließlich.

Nein, das kann es nicht.

„Und jetzt?" Ich sehe ihn fragend an. Ich spüre die Angst deutlich in mir.

„Lass uns aufs Revier fahren. Ich kann im Register schauen, ob er schon polizeilich bekannt ist."

„Okay."

Auf dem Weg nach draußen begegnen wir Nikki noch einmal. „Mir ist noch was eingefallen", sagt sie außer Atem. „Rafael. Er arbeitet bei Professor Weldenzer als studentische Hilfskraft."

Hoffnung durchströmt mich bei ihren Worten. „Tom, lass uns bei Professor Weldenzer vorbeigehen, bevor wir aufs Revier fahren, ja?"

Nach gut zehn Minuten stehen wir vor dem Eingang des Gebäudes am Adolf-Reichwein-Campus, in dem die Büros sind. Tom bleibt plötzlich stehen.

„Was ist los?"

„Ich muss noch auf der Arbeit anrufen, dass ich etwas später komme. Geh doch schon mal vor."

Also mache ich mich allein auf den Weg zu Professor Weldenzer. An seinem Büro angekommen, klopfe ich an der Tür. Nur einen Augenblick später wird diese von innen geöffnet. Vor mir steht ein Mann mittleren Alters mit dunklen Haaren und einem Buch in der Hand. Er lächelt mich an.

Für einen kurzen Moment bin ich irritiert. „Äh… Guten Tag, Herr Weldenzer. Mein Name ist Lena Hersing. Hätten Sie kurz Zeit für mich?"

„Ja natürlich, kommen Sie rein." Er tritt einen Schritt zur Seite, damit ich hineinkommen kann. „Bitte setzen Sie sich." Ich komme seiner Aufforderung nach und setze mich auf einen Stuhl vor seinem Schreibtisch.

„Ich habe ein etwas seltsames Anliegen", beginne ich zögernd. „Meine beste Freundin ist verschwunden. Rafael Bremer könnte sie als letztes gesehen haben. Wir haben ihn im Wohnheim nicht angetroffen. Eine Mitbewohnerin hat uns aber gesagt, dass er bei

Ihnen arbeitet. Ist er vielleicht hier? Es ist wirklich wichtig."

„Moment, Ihre Freundin ist verschwunden?" Er schaut mich verwundert an.

„Ja, also Vivien ist gestern nicht nach Hause gekommen. Sonst sagt sie immer Bescheid, falls sie länger wegbleibt. Ich habe mehrmals versucht sie zu erreichen, doch ihr Handy ist aus. Ich bin wirklich beunruhigt."

„Machen Sie sich mal keine Sorgen, Sie taucht bestimmt bald wieder auf. Aber Herrn Bremer habe ich heute noch nicht gesehen, obwohl wir einen Termin hatten."

„Können Sie mir denn vielleicht eine Handynummer oder Ähnliches geben? Irgendwas, womit ich ihn erreichen kann. Vivien und er scheinen sich zu kennen. Vielleicht sind sie zusammen unterwegs."

„Tut mir leid, aber das darf ich nicht."

„Können Sie mir dann wenigstens etwas mehr über Rafael erzählen?" Ich sehe ihn bittend an.

Herr Weldenzer mustert mich einen Augenblick. „Nun gut", seufzt er schließlich. „Viel kann ich Ihnen allerdings auch nicht sagen. Er ist ein sehr stiller, aber doch äußerst fleißiger Student. Aber ich glaube, dass er nur wenige Freunde hat. Er scheint einsam zu sein."

Ich bedanke mich bei Professor Weldenzer und stehe auf. Er begleitet mich zur Tür. Während ich am Fenster vorbeigehe, erkenne ich Tom draußen und winke ihm kurz zu.

„Sagen Sie mal, ist das Thomas Degen?"

Überrascht drehe ich mich zum Professor um. „Ja genau. Das ist mein Freund. Kennen Sie ihn etwa?"

„Ja, er war einer meiner Studenten. Aber er hat die Uni vorzeitig verlassen."

Ich runzle die Stirn. Tom war hier an der Uni? Aber es wird noch skurriler, als Professor Weldenzer auf meine Nachfrage hin andeutet, dass Tom in seiner Studienzeit auf die schiefe Bahn geraten sei. Er habe ihm damals geraten, die Uni freiwillig zu verlassen, um sein Leben neu zu ordnen. Als ich dem Professor erzähle, dass Tom nun bei der Polizei tätig ist, ist er erfreut darüber, dass mein Freund sein Leben wieder im Griff hat.

Ich bin völlig irritiert. Das, was mir Professor Weldenzer über Tom erzählt hat, klingt alles so absurd. Tom hat nie etwas in dieser Richtung erwähnt.

Ich beschließe, mich erst um Viviens Verschwinden zu kümmern, bevor ich mich ausführlicher mit Toms universitärer Vergangenheit beschäftige.

Tom und ich machen uns auf den Weg zum Revier. Er muss ja sowieso seine Schicht antreten. Auf der Wache setzt sich Tom an den PC und gibt Rafaels Namen im Suchfeld ein.

Kein Treffer.

Doch stattdessen erscheint der Name *Rebecca Bremer*. Aus dem Polizeibericht geht hervor, dass es sich um die Stiefschwester von Rafael handelt, die vor sieben Jahren spurlos verschwunden ist. Der Fall wurde nie gelöst.

„Hier ist noch ein Foto von dieser Rebecca", sagt Tom und klickt auf die Datei.

Mit Schrecken stellen wir fest, dass sie Vivien verblüffend ähnlich sieht. Ich spüre die Panik in mir aufsteigen. Es spielen sich bereits Horrorszenarien in meinem Kopf ab, als Toms Handy auf dem Tisch plötzlich aufleuchtet. Ich kann einen kurzen Blick aufs Display erhaschen, bevor Tom das Smartphone hastig an sich nimmt.

Kor: Wenn du nicht bald hier bist, wirst du es bitter bereuen!!

„Alles okay bei dir?"

„Ja ja, alles gut." Tom schenkt mir ein flüchtiges Lächeln, bevor er das Telefon nach einem kurzen Blick auf die Nachricht in seine Jackentasche steckt.

Bevor ich weiter nachhaken kann, wird Tom von einem Kollegen gerufen.

„Sorry, aber ich muss los." Tom sieht mich etwas zerknirscht an. „Mach dir keine Sorgen, wir finden Vivien, okay? Ich werde meine Augen und Ohren offen halten und dir sofort Bescheid sagen, falls was reinkommt. Ich versuche so schnell wie möglich wieder bei dir zu sein."

Ich nicke. „Okay."

Tom gibt mir einen Abschiedskuss auf die Wange, wirft mir einen letzten besorgten Blick zu und geht dann zu seinem Arbeitskollegen hinüber.

Als ich draußen auf dem Parkplatz stehe, weiß ich nicht so recht, was ich jetzt tun soll. Es gibt keine weiteren Anhaltspunkte, wo ich Vivien oder Rafael finden kann. Stattdessen muss ich die ganze Zeit an Rafaels Stiefschwester denken. An die Ähnlichkeit zu Vivien, und daran, dass sie scheinbar genauso spurlos verschwunden ist wie meine beste Freundin.

Ich fühle mich grässlich machtlos. Da ich mir sicher bin, dass mir zu Hause nur die Decke auf den Kopf fallen wird, fahre ich mit dem Bus zur Uni hoch, um mich dort noch einmal unter den Studenten umzuhören. Vielleicht habe ich ja Glück und jemand hat irgendwas gesehen oder kann mir wenigstens etwas sagen, das mir weiterhilft.

Ich kann nur hoffen, dass Vivien nichts Schlimmes passiert ist und dass ich nicht zu spät bin.

Oben am Adolf-Reichwein-Campus laufe ich vom Bistro bis zur Mensa, befrage die Studenten im Foyer und draußen vor dem Gebäude, besuche Viviens Kurse – doch nichts. Keiner kann mir etwas sagen, das mich wirklich weiterbringt. Alles, was ich erfahre, ist, dass man Vivien heute noch nicht gesehen hat oder dass man sie überhaupt nicht kennt und dass es ihnen leid tut, dass sie mir nicht helfen können. Mit meinen Fragen nach Rafael habe ich ebenfalls keinen Erfolg.

Ich fühle mich müde und ausgelaugt. Kraftlos.

In einem letzten verzweifelten Versuch wähle ich Viviens Nummer und rufe sie an.

Der Anruf wird wieder direkt auf ihre Mailbox umgeleitet.

Vivien, wo bist du nur?

Erschrocken zucke ich zusammen, als plötzlich das Handy in meiner Hand vibriert. Ein Blick aufs Display verrät mir, dass ich eine neue Nachricht erhalten habe – von einer Nummer, die ich nicht kenne.

5.000€ oder du siehst deine Freundin nie wieder! Keine Polizei! Du legst das Geld um 21 Uhr am Siegen ZOB in einem Umschlag in den Mülleimer am Bahnhofseingang.

Nur langsam sickert die Bedeutung der Worte in mein Bewusstsein.

5.000€ oder du siehst deine Freundin nie wieder!

Mein Herz hämmert in meiner Brust.

Meine Gedanken überschlagen sich. Jemand hat Vivien tatsächlich entführt! Rafael? Aber vor allem: Woher soll ich nur die 5.000€ bekommen? So viel Geld habe ich nicht! Aber wenn ich das Geld nicht auftreibe...

Panik breitet sich in mir aus.

Ich versuche nicht daran zu denken, was dann passiert.

Ganz ruhig, Lena, ganz ruhig, versuche ich mich zu beruhigen. Denk nach!

Ich versuche schließlich, Tom zu erreichen. Doch er geht nicht ans Handy.

Ich kann das hier unmöglich alleine durchziehen. Ich nehme den nächsten Bus und fahre zum Polizeirevier, in der Hoffnung dort Tom zu erwischen.

Auf dem Revier angekommen, wird mir erklärt, dass Tom bereits auf Streife ist. Ich versuche ein Schluchzen zu unterdrücken. Meine Verzweiflung breitet sich weiter aus. Was soll ich jetzt tun?

Die Polizisten auf der Wache merken mir an, dass etwas nicht stimmt. Ich überlege kurz, ob ich sie vielleicht einweihen soll, aber ich verwerfe den Gedanken rasch wieder, denn in der SMS stand ausdrücklich keine Polizei. Ich kann einfach nicht riskieren, dass Vivien etwas passiert. Das würde ich mir nie verzeihen.

Ich bedanke mich daher einfach kurz für die Auskunft, drehe mich hastig um und marschiere wieder zum Ausgang.

Plötzlich höre ich eine Stimme hinter mir.

„Lena, hi." Ich drehe mich um und erkenne Kilian, einen weiteren Arbeitskollegen von Tom.

Ich versuche mich zu fassen und keine Anzeichen von Panik zu zeigen.

„Richte deinem Freund doch bitte aus, er schuldet mir noch was wegen gestern." Er grinst mir vielsagend zu.

„Wegen gestern?" Ich schaue ihn verständnislos an.

„Ich hab seine Schicht übernommen, damit Ihr einen schönen Abend miteinander verbringen könnt", erklärt er.

Ich schüttele den Kopf. „Ich glaube, du verwechselst da was."

Wovon spricht er? Mein Kopf platzt gleich!

Kilian scheint einen Augenblick irritiert zu sein. Dann mustert er mich plötzlich mit zusammengekniffenen Augen aufmerksam.

Mein Herz klopft schneller. Ich habe Angst, dass er meine Unruhe bemerkt, also verabschiede ich mich rasch: „Okay, ich muss dann auch los." Ich deute zur Tür und versuche das Zittern zu unterdrücken.

„Soll ich dich vielleicht mitnehmen? Ich hab Dienstschluss. Ich muss mich nur kurz umziehen", bietet Kilian an. Sein Blick ist immer noch besorgt und wachsam zugleich.

„Nein, nicht nötig", lehne ich ab. Ich weiß auch gar nicht, wohin ich jetzt fahren soll. Ich kann nicht einfach nach Hause und ich habe keinen Plan, wie ich Vivien helfen soll.

Ich merke, wie mir plötzlich heiße Tränen über das Gesicht laufen. Meine Beine knicken ein und ich sacke zusammen. Kilian fängt mich auf. Er hält mich stützend an den Schultern und führt mich in einen Aufenthaltsraum. Ich lasse mich auf das Sofa fallen und erzähle Kilian mit heiserer Stimme die ganze Geschichte mit Viviens Verschwinden und der SMS. Ich kann es einfach nicht länger für mich behalten.

Kilian reicht mir ein Glas Wasser. Er wirkt nachdenklich.

„Ich würde mich erst mal nicht so verrückt machen, Lena. Diese SMS kann auch ein blöder Streich sein. Wenn jemand Wind von der ganzen Sache bekommen hat, kann er die Situation für sich ausnutzen wollen. Vielleicht weiß der Absender gar nicht, wo deine Freundin steckt."

Ich schaue ihn verwirrt an.

„Hast du mal versucht, die Nummer anzurufen?"

Ich schüttle langsam den Kopf. Was hätte mir das gebracht?

„Verstehe. Weißt du was, ich schaue mal nach, wem die Nummer gehört. Warte hier, bin gleich wieder zurück."

Nach etwa einer Viertelstunde kommt Kilian wieder, mit einem Zettel in der Hand.

„Die Nummer gehört wohl diesem Rafael Bremer", erzählt er.

Mein Mund wird ganz trocken. Ich habe es geahnt!

Doch bevor ich etwas sagen kann, fährt Kilian fort: „Doch jetzt kommt das, was mich wirklich beschäftigt. Ein Kollege hat das Handy geortet. Es befindet sich wohl im Haus eines uns gut bekannten Drogenbesitzers. Korbinian Zachert. Sagt dir der Name was?"

Mir kommt der Name tatsächlich bekannt vor, aber woher? Gerade als ich versuche das Chaos in meinem Kopf zu ordnen, fällt es mir ein. „Ja, ein Korbinian Zachert hat damals mit mir Handball gespielt, wurde aber wegen irgendeiner Drogengeschichte aus dem Verein geworfen. Er studiert ebenfalls in Siegen. Ich bin mir zumindest sicher, ihn schon einmal an der Uni gesehen zu haben. Aber was hat er mit Vivien zu tun?"

„Erstmal gar nichts, aber ich würde vorschlagen, wir fahren zu ihm."

Wir fahren mit Kilians Privatwagen. Er will kein Aufsehen erregen und den mutmaßlichen Täter nicht noch warnen. An Korbinians Wohnung angekommen, bittet mich Kilian im Wagen zu warten, während er Korbinian einen Besuch abstattet.

Während ich warte, fällt mir plötzlich wieder die SMS ein, die Tom vor einigen Stunden bekommen hat. Sie stammte von einem „Kor".

Tom ist damals auf die schiefe Bahn geraten. Er hat sich mit den falschen Leuten angefreundet. Ich habe Tom deswegen dazu geraten, die Uni zu verlassen, um sein Leben wieder in den Griff zu bekommen, hatte Professor Weldenzer gesagt.

Ich werde unruhig. Was ist, wenn es sich bei Kor um Korbinian Zachert handelt? Kann es tatsächlich sein, dass sich Korbinian und Tom kennen? Vielleicht ist Korbinian der Grund, weswegen Tom damals auf die schiefe Bahn geraten ist und sein Studium abgebrochen hat? Was, wenn Tom die ganze Sache nun wieder einholt? Wer weiß, was damals genau passiert ist.

Ein ziemlich ungutes Gefühl breitet sich in meinem Magen aus.

Aber was hat das mit Vivien zu tun? Und wie passt Rafael in das Ganze rein? Gibt es überhaupt einen Zusammenhang?

Ich halte es nicht länger im Wagen aus und steige aus. Ich brauche frische Luft, um irgendwie Ordnung in das Chaos in meinem Kopf zu bekommen. Doch es klappt nicht.

Ich schaue zu dem Einfamilienhaus hinüber. Kilian ist nun schon eine gefühlte Ewigkeit dort drin. Wo bleibt er nur? Ich gehe Richtung Haustür. Ich sehe mir die Klingelschilder an, suche nach Korbinians Namen. In dem Moment blitzt etwas in meinem Augenwinkel auf. Verwundert schaue ich hoch. Mein Blick fällt auf etwas Glänzendes, das im Gras neben dem Fußweg liegt. Ich gehe darauf zu und hebe es auf.

Es ist Viviens silbernes Armband. Mein Herz setzt einen Schlag aus. Es ist das Armband, das ich ihr vor zwei Jahren zum Geburtstag geschenkt habe.

Hinter mir geht die Haustür auf und Kilian tritt heraus.

„Kilian!" Aufgeregt laufe ich auf ihn zu. „Das ist Viviens Armband. Ich hab es hier im Gras gefunden." Ich zeige es Kilian. Er nimmt es an sich und betrachtet es stirnrunzelnd.

„Bist du dir sicher, dass es Viviens Armband ist?"

„Ja, hundertprozentig! Das gehört Vivien. Ich habe es ihr vor zwei Jahren geschenkt. Meinst du, sie ist hier?"

„Vielleicht."

„Hast du bei Korbinian etwas erreichen können? War Rafael bei ihm?"

„Nein, er war allein."

„Glaubst du, er hat was damit zu tun? Korbinian meine ich."

Kilian sieht zu einem Fenster im zweiten Stock hoch und überlegt. „Ich weiß nicht. Korbinian wirkte eben schon ziemlich nervös, aber ich kann dir nicht sagen, ob er direkt etwas mit der Entführung zu tun hat. Vielleicht hat er auch nur wieder irgendwelche Drogen versteckt und Angst, dass wir ihm erneut auf die Schliche kommen."

„Kannst du nicht irgendwas machen? Seine Wohnung durchsuchen oder so?"

„Ich habe keinen Durchsuchungsbefehl und das würde jetzt zu lange dauern. Wir haben nicht die Zeit dafür."

„Und jetzt machen wir gar nichts, oder was?"

„Ich rufe die Kollegen an."

„Aber in der SMS stand keine Polizei!"

„Wir können das hier nicht alleine machen, Lena. Wir wissen nicht, mit wem wir es genau zu tun haben."

Ich sehe Kilian frustriert und zornig an. „Es geht hier um meine Freundin und wenn du mir nicht helfen willst, dann suche ich eben allein nach ihr." Ich drehe mich um und gehe ums Haus herum, in der Hoffnung irgendwas zu finden, das mich zu Vivien führt.

„Lena, warte!" Ich höre Kilians Schritte hinter mir. Er folgt mir.

Ich sehe mich aufmerksam um, suche noch mal den Rasen ab und spähe mit Kilian durch die Fenster des Hauses. An der Rückseite des Einfamilienhauses erkenne ich einige Kellerfenster. Wir gehen darauf zu. Die Kellerfenster des Hauses haben keine Stahlgitter und erlauben so einen guten Einblick in den dunklen Keller. Durch das Tageslicht können wir schemenhaft einige Gegenstände erkennen. Hauptsächlich Schränke, Fahrräder, Kisten und andere Dinge, die man nicht genau identifizieren kann. Ich weiß nicht, ob ich glücklich oder traurig sein soll. Es gibt keine weitere Spur von Vivien, aber auch keinen Fund, der auf Schlimmeres deuten könnte. Kilian sieht mir die Sorgen an.

„Nur nicht die Hoffnung verlieren. Vielleicht hat jemanden von den Bewohnern etwas mitbekommen. Wir können sie ja gleich noch befragen." Kilian versucht mich ein weiteres Mal zu beruhigen, aber ich merke, dass auch er enttäuscht und besorgt zugleich ist. Als wir zur Haustür zurückkehren wollen, schaut sich Kilian noch einmal um und hält kurz inne.

„Warte mal." Er fasst mich an der Schulter. „Sieh doch da hinten, die Holzplatten."

Ich folge seinem Blick.

Am anderen Ende des Hauses lehnen drei Holzplatten an der Hauswand. Sie wirken merkwürdig deplatziert, als hätte man sie absichtlich dorthin gestellt. Sie sind nicht einmal feucht vom Schnee der letzten Tage. Kilian und ich laufen hinüber. Er packt die Platten und stellt sie beiseite. Ein weiteres Kellerfenster. Es ist sehr staubig und ich wische mit meinem Ärmel kurz darüber. Wir beugen uns vor und schauen hinein. Mein Herz hämmert gegen meinen Brustkorb. Es pocht in meinem Kopf. Es dauert einige Augenblicke, bis wir etwas erkennen können. Wie in den anderen Kellerräumen zeichnen sich schemenhaft Kisten und Regale ab. Zunächst fällt nichts Besonderes auf. Doch dann erkenne ich zwischen den Kisten zwei Gestalten, die auf dem Boden sitzen. Sie haben ihre Arme hinter dem Rücken verschränkt. Sie scheinen gefesselt zu sein.

„Kilian, da ist jemand!", rufe ich aufgeregt. Ich bin mir sicher, dass Vivien da unten ist!

„Ich rufe Verstärkung!" Kilian greift hastig nach seinem Handy und wählt die Nummer der Polizeiwache. Alles was danach geschieht, nehme ich wie durch einen Schleier wahr.

Drei Tage nach Viviens Befreiung findet sich im Lokalteil der Siegener-Zeitung folgender Artikel:

Auf der schiefen Bahn

Siegener Polizist gesteht Drogenhandel und Entführung – SEK-Einsatz in der Oberstadt

Siegen, (eb): Die Siegener Polizei befreite am Montag, in einem dramatischen Einsatz, zwei Studenten der Universität Siegen aus dem Keller eines Einfamilienhauses. Die beiden Studenten, eine Frau und ein Mann, sind dem Vernehmen nach unverletzt. Bei dem mutmaßlichen Täter handelt es sich um einen Beamten der Direktion Verkehr der Kreispolizeibehörde Siegen-Wittgenstein. Er hielt die beiden Opfer, zusammen mit einem Komplizen, für mehrere Stunden als Geiseln fest.

Auf der heutigen Pressekonferenz berichtete ein Sprecher der Polizei, dass eines der beiden Opfer am späten Abend des 15. Januars im Parkhaus der Universität beobachtet habe, wie ein Mann in unmittelbarer Nähe ihres PKW mit Drogen handelte. Sie habe den Mann als Thomas D., den Lebensgefährten ihrer Mitbewohnerin erkannt. Dem Opfer sei bekannt gewesen, dass D. Polizist war. Sie habe ihn angesprochen und gedroht, ihn anzuzeigen. Der Beamte habe sie daraufhin niedergeschlagen und zu einem Bekannten gebracht, einem polizeilich bekannten Drogendealer. Im Laufe der Vernehmung habe der Tatverdächtige D. angegeben, im Affekt gehandelt zu haben. Seine Karriere und Beziehung haben auf dem Spiel gestanden.

Das zweite Entführungsopfer habe die Tat beobachtet und statt die Polizei zu rufen, auf eigene Faust den Wagen mit dem Entführer verfolgt. Bei dem Versuch in den Keller einzudringen, sei es dann von D.'s Komplizen niedergeschlagen und in den Keller zu dem anderen Opfer gebracht worden. Der SEK-Einsatz, der zur Befreiung der beiden Geiseln führte, wurde von einer Freundin des ersten Opfers ausgelöst, die sie als vermisst gemeldet hatte.

Zu Meldungen, dass der tatverdächtige Beamte schon vor seiner Zeit bei der Polizei in Siegen regelmäßig mit Drogen gehandelt habe, wollte der Polizeisprecher keine Stellung neben. Die Ermittlungen seien noch nicht abgeschlossen. Ein Sprecher des Innenministeriums teilte auf Anfrage dieser Zeitung mit, dass man nach dem aktuellen Stand der Ermittlungen nicht davon ausgehe, dass bei der Einstellung des Beamten Fehler unterlaufen seien. Man wolle aber das endgültige Ergebnis der Untersuchung erst abwarten, bevor man sich zu Fragen nach personellen Konsequenzen in der Polizeibehörde äußere. ∎

Über die Autorinnen:

Darya Sigal, geboren 1992, verbrachte ihre Kindheit in ihrem Geburtsort Kiew. Im Alter von sieben Jahren zog sie gemeinsam mit ihrer Familie in die Nähe von Bonn. Die Autorin hat an der Universität Siegen Sprache und Kommunikation in Kombination mit Literatur, Kultur, Medien studiert und mit dem Bachelor of Arts abgeschlossen. An der Universität Bonn studiert sie nun den Masterstudiengang Germanistik mit dem Schwerpunkt Sprachwissenschaft. Zu ihren Hobbies zählen das Lesen sowie das Schreiben. In ihrer Büchersammlung ist praktisch jedes Genre vertreten. Die Leidenschaft eigene Texte zu schreiben teilt sie mit ihrer Freundin Franziska Franke.

Franziska Franke, Jahrgang 1993, ist in der Nähe von Bonn aufgewachsen. Sie hat an der Universität Siegen Betriebswirtschaftslehre studiert und mit dem Bachelor of Science abgeschlossen. Heute studiert sie in Siegen den Masterstudiengang Controlling und Risikomanagement. In ihrer Freizeit liest sie gerne Bücher aus unterschiedlichen Genres – von Thriller bis Fantasy – und schreibt auch gerne eigene Texte.

Darya Sigal und Franziska Franke lernten sich bereits in der fünften Klasse auf dem Gymnasium kennen. Der Kurzkrimi in diesem Band ist die erste gemeinsame Arbeit der beiden.

Ankay Black

Der Fall des Dr. Dalca

Mittwoch, 22. Februar 2017 – Roter Hörsaal

Ihre Hände zittern, als sie hektisch die letzten beiden Sätze zu Papier bringt. Der Kuli ist wirklich nicht der Beste, die Tinte verwischt, während sie das Blatt glattstreichen will, aber es ist ihr egal. Außer ihr sitzen nur noch zwei weitere arme Seelen im roten Hörsaal. Die Zeiger der Uhr an der Wand schreiten unerbittlich weiter. Diesmal hat sie wirklich ein gutes Gefühl – was bleibt ihr auch anderes übrig? Noch ein Fehlversuch und sie darf das Modul erneut wiederholen und nur dafür noch ein Semester dranhängen. Es steht also sehr viel auf dem Spiel, als sie aufsteht, den Sitz so leise wie möglich hochklappt und mit den Klausurblättern in der Hand nach vorne geht.

Forsche, böse Augen hinter blitzblanken Brillengläsern erwarten sie, als sie ihm den Papierbogen reicht und noch kurz stehen bleibt. Sie braucht einfach eine Rückmeldung, einen Satz – irgendwas, das ihr sagt, dass sie nicht vollständig versagt hat, sondern diesmal noch eine Chance besteht. Als sich die Lippen des Dozenten zu einem dünnen Lächeln verziehen, sinkt ihr Mut. „Na, da müssen Sie aber viel Glück haben, um zu bestehen", sagt er so unüberhörbar, dass es auch der Punker in der letzten Reihe mitbekommen haben muss und sie ballt ihre Hand um den Kuli zur Faust. Für einen Moment will sie ihm den Stift in den

Hals rammen. Er wird sie durchfallen lassen – erneut. Da ist sie sich sicher.

Samstag, 25. Februar – AR-K
Stockwerk 5. Eines von vielen Büros

Die Minuten, bevor es 20 Uhr wird, ziehen sich in die Länge wie ein schlecht gemachter Spielfilm im Fernsehen, wenn partout nichts Besseres läuft. Sie geht vor dem Büro auf und ab, nimmt ihr Handy in die Hand, steckt es weg, holt es wieder hervor, schaut auf die Uhrzeit und kaut auf ihrer Unterlippe herum. Immer wieder bleibt ihr Blick an dem kleinen Schild neben der Tür hängen: „Dr. Dalca. Germanistik." So wenige Worte mit so viel bösem Inhalt...

Ob es wohl ein gutes oder ein schlechtes Zeichen ist, dass die Korrektur nur drei Tage gedauert hat? Und warum zum Teufel hat er als Uhrzeit für die Sprechstunde nur einen Samstagabend frei gehabt? Welcher Studi hat denn um diese Zeit bitte nichts Besseres vor, als eine Klausur zu besprechen? Außer ihr natürlich, aber für sie steht schließlich viel auf dem Spiel. Außerdem ist Dalca dafür bekannt, sehr spontane Termine anzubieten, er ist einer der wenigen, die keine Online-Sprechstunden-Anmeldung haben. Die Tür öffnet sich und schließt ihre Gedanken. Der Blick in sein widerliches Sadistengesicht lässt ihre Muskeln verkrampfen. Als er sie ohne Begrüßung hereinbittet, fragt sie sich, ob er immer denselben Anzug trägt oder ihn in mehreren Ausführungen besitzt.

Die Art, wie er an seinem Schreibtisch Platz nimmt und sich im Stuhl zurücklehnt, sie mustert und seinen Kuli zwischen den Fingern dreht, raubt ihr den letzten hoffnungsvollen Funken Mut und Optimismus und hinterlässt eine Wüste der Verzweiflung in ihrem Innersten. Schon oft hat sie sich gefragt, wie er sich seinen Vorlesungsstoff oder seine Termine merken kann, denn der Kuli ist das Einzige, was er immer bei sich trägt. Auch sein Schreibtisch ist vollkommen leer, bis auf eine mickrige Sukkulente, deren Stacheln eine seltsame Faszination auf sie ausüben.

Zuerst sagt er gar nichts, sondern lächelt nur und scheint sich an ihrer Anspannung zu erfreuen. „Das Glück war nicht auf Ihrer Seite", sagt er schließlich mit so viel Genugtuung in der Stimme, dass ihr schlecht wird. „Heißt das..?" Sie bringt den Satz nicht zu Ende, aber er unterbricht sie sowieso, während er aufsteht und zu dem großen, offen stehenden Fenster hinübergeht. „Ich weiß, dass Sie das Modul schon zum dritten Mal angegangen sind, aber Sie sind wieder durchgefallen. Vielleicht ist Studieren nichts für Sie, vielleicht sollten Sie lieber einen Beruf ergreifen, der etwas mehr Ihren... Fähigkeiten entspricht." Seine Stimme klingt ölig und er mustert sie abschätzig, wovon ihr so schlecht wird, dass sie befürchtet, sich jeden Moment übergeben zu müssen.

Dann geht plötzlich alles ganz schnell, wie von selbst. Seine letzten Worte durchbrechen die papierdünne Wand aus Selbstdisziplin, die sie in den letzten Monaten so verzweifelt versucht hat aufrecht zu erhalten. Sie steht auf und macht zwei Schritte nach vorne, nimmt all ihre Kraft zusammen, holt aus und schlägt zu. Er taumelt zurück, stolpert und sein Körper verbiegt sich seltsam über den Fensterrahmen, als er wegrutscht und fällt... Für den Bruchteil eines Augenblicks sieht sie den überraschten Ausdruck in seinen Augen und spürt Genugtuung. Dann beugt sie sich vor und schaut auf den dunklen Umriss des verdrehten Körpers, weit unter dem Fenster auf dem Asphalt. Draußen ist es dunkel, es ist mitten in den Semesterferien – kein Studi und kein Dozent in Sichtweite, niemand weiß, dass sie überhaupt hier ist. Sie wendet sich ab, schließt das Fenster und verlässt dann den Raum. Auf dem Weg die Treppen herunter begegnet ihr niemand, sie verlässt das Gebäude durch die Tür beim Mensafoyer. Die Luft ist kühl und als sie den Blick zu den Sternen hebt, muss sie lachen.

Montag, 27. Februar – Bistrowiese

In den Ferien an der Uni arbeiten zu müssen sollte verboten werden, überlege ich, als ich den Berg von der Haltestelle „Robert Schumann Straße" zur Bibliothek am Campus AR hochlaufe. Aber leider duldet die Recherche an meiner Hausarbeit, die letzte Prüfungsleistung im Abschlussmodul, keinen Aufschub mehr. Ich frage mich gerade, ob es vielleicht nochmal schneien wird, als mir ein für die Ferien ungewöhnlich großer Menschenauflauf auf der Bistrowiese auffällt. In der Hoffnung, dass es vielleicht etwas umsonst gibt, steuere ich darauf zu und erkenne Fynn, der in meinem Studium Generale Seminar neben mir gesessen hat. „Hey, was ist hier los?", will ich von ihm wissen und als er sich zu mir wendet, ist seine Miene sehr ernst. „Hast du's noch nicht mitbekommen? Dr. Dalca ist tot." Erst jetzt fällt mir auf, dass gut die Hälfte der Menschen in der Gruppe Polizisten sind. „Was?" „Er ist wohl aus dem Fenster gesprungen... Oder gestoßen worden, man weiß es noch nicht." Sofort habe ich die Hand in meiner Jackentasche – ich muss Paula anrufen – zum Glück wohnt sie direkt am Eichenhang.

Zehn Minuten später sitzen wir auf Paulas winzigem Bett und hören Radio – zumindest solange, bis sie sich bei Radius 92,1 dazu entschließen, den Vorfall zum Tagesthema zu machen: „Offensichtlich handelt es sich um Mord. Das Fenster in Dr. Dalcas Büro war geschlossen und von außen konnte man es ja nicht schließen. Dies teilte die Polizei unserem Team vor wenigen Minuten mit."

Keine von uns findet den Mut das Gespräch zu beginnen, bis ich das Schweigen breche. Meine Unterlippe zittert. „Ich verstehe es einfach nicht. Was kann einen Menschen dazu motivieren, so etwas Grausames zu tun?" Paula legt einen Arm um mich und seufzt. Sie weiß, dass ich immer sehr positiv von Dalca gesprochen habe. „Keine Ahnung. Schlechte Noten?" Ich lache leise und freudlos auf. „Schlechte Noten? Hättest du es getan? Ihm ins Gesicht geschlagen und ihn aus dem Fenster geschubst? Als Rache für die 4,0, die er dir im Sommer verpasst hat?"

Paula senkt schuldbewusst den Blick. „Ich...nein, natürlich nicht. Aber was für ein Motiv könnte sonst dahinterstecken?"

„Was mir viel größere Angst macht, ist, dass der Mörder noch irgendwo frei rumläuft, vielleicht mit uns im Seminar sitzt oder in der Mensa isst." Ich schüttele mich leicht und schaue Paula an. „Wer weiß, zu was so ein Mensch sonst noch fähig ist!"

Mittwoch, 19. April – AR-D 6104

„Jetzt ist es schon fast zwei Monate her und sie haben noch immer nicht rausgekriegt, wer Dr. Dalca umgebracht hat. So langsam wird mir die Sache unheimlich."

Ich nicke zustimmend, als Paula mir die Worte zuflüstert. Wir sitzen im Tutorium für Phonetik und meine Gedanken schweifen immer wieder ab, nicht zuletzt, weil ich es mir zur Gewohnheit gemacht habe in jedem Kurs die Gesichter zu mustern und mich zu fragen, wer wohl zu einem Mord fähig sein könnte. Die meisten kenne ich entweder zu gut, um zu wissen, dass sie es nicht gewesen sein können und den Rest nicht gut genug, um es einschätzen zu können. Aber da ist eine, die sich nicht einordnen lässt. Jannika. Paula und ich haben drei Kurse mit ihr und immer wieder denke ich daran, wie oft sie die Vorlesung bei Dr. Dalca geschwänzt hat, nachdem dieser sie einmal vor aller Augen für eine Hausaufgabe geschlagene zehn Minuten lang zur Sau gemacht hat. Halblaut erzähle ich Paula von meinem Verdacht und ihre Augen verengen sich misstrauisch zu Schlitzen. „Du könntest Recht haben... Sie hätte ein Motiv."

Ich fühle mich ein bisschen wie Miss Marple, als ich Jannika nach der Sitzung am Ausgang abfange. „Hey, warte mal bitte kurz." Sie sieht mich mit einer Mischung aus Verwirrung und Interesse an. „Was gibt's, Lea?" Ich ignoriere die Tatsache, dass sie meinen richtigen Namen nicht zu kennen scheint. „Ich hab mich nur gefragt..." Ich atme tief durch. Jetzt bloß nicht nervös werden. „Das mit Dalca macht mich immer noch fertig, weißt du?" Zum Glück fragt sie nicht, wieso ich es ausgerechnet ihr erzähle. „Ich meine, ich weiß noch genau, was ich an dem Tag getan hab, als es...passiert ist." Sie nickt leicht und kratzt sich am Hinterkopf, als ich nachhake: „Was ist mit dir, Jannika?" „Oh, ja. Ich nicht. Ich meine..." Ihre Wangen färben sich rosa. „Ich war an dem Tag ziemlich weg vom Fenster...An dem Abend war ,ne Feier im Glückspils und, naja, wie das mit Vorglühen eben so ist." Sie zuckt die Schultern und weicht meinem Blick aus. „Das heißt, du weißt nicht mehr, was du überhaupt gemacht hast? Dann wollen wir mal hoffen, dass du nicht verdächtigt wirst." Ich hebe die Augenbrauen und lasse meine Worte wirken. Jannika schaut mich mit einer Mischung aus Verwirrung und einer Spur von Unbehagen an. Das reicht mir als Beweis – vorläufig.

Donnerstag, 20. April – Weidenau Polizeiwache

„Ist es wirklich nötig, dass wir dafür herkommen?" Paula nervt mich schon seit wir am Weidenauer ZOB losgegangen sind. Gerade passieren wir den dritten Copyshop in Folge. „Es ist sicher besser. Sie werden uns wahrscheinlich so oder so noch befragen wollen."

Bevor wir die Wache betreten, bleibt mein Blick kurz an dem ehemaligen Möbelgeschäft hängen, das bald als provisorische Übergangsbibliothek fungieren soll – keine besonders rosigen Aussichten. Wir werden von der Anmeldung zum Wartebereich geschickt, die Stühle sind unglaublich unbequem. Ich knete meine Finger im Schoß und schaue mich im Raum um. Ob hier jeder wegen einer Anzeige sitzt? „Bist du dir sicher, dass wir das Richtige tun?", murmelt Paula mir zu und scrollt gleichzeitig auf ihrem Smartphone durch Jodel – eine ihrer Angewohnheiten, an die ich mich zwangsläufig gewöhnen musste. „Natürlich! Hier geht es immerhin um einen Mord", antworte ich möglichst leise, denn eine ältere Dame einige Plätze weiter mustert uns misstrauisch. „Aber wir haben doch noch gar nichts gegen sie in der Hand, es gab doch einige, die Dalca nicht leiden konnten…" Ich ignoriere ihren Einwand und betrachte meine Fingernägel.

„Wir teilen der Polizei ja nur unseren Verdacht mit", antworte ich etwas verspätet. „Und wenn sie uns nicht glauben?" Ich seufze und schließe für einen Moment die Augen, dann wende ich mich Paula zu und

90

nehme ihre Hände in meine. Das warme Plastik ihres Smartphones liegt auf meiner Handfläche. „Also. Wir wissen, dass sie kein gutes Alibi hat. Und sie hat Dalca gehasst, oder etwa nicht?" Paula runzelt die Stirn, als versuche sie, sich an etwas zu erinnern. Dann sagt sie zögerlich: „Ja...ich schätze schon, dass sie das getan hat." „Das hat sie!", bekräftige ich. „Hat sie nicht sogar mal gesagt, dass die Uni ohne Dalca besser dran wäre?" Paulas Blick wird noch verwirrter. „Paula", beginne ich. „Wenn die Polizisten uns glauben sollen, dann müssen wir das sagen." Meine Stimme ist kaum mehr als ein Flüstern, damit uns niemand belauscht. Zum Glück nickt Paula, ich lächele sie aufmunternd an und sie erwidert mein Lächeln unsicher. Hoffentlich zieht sie mit.

Eine Viertelstunde später sitzen wir zwei Polizisten des Kriminalkommissariats I gegenüber und ich bin etwas enttäuscht, dass es in Weidenau keine Verhörräume gibt, wie man sie aus den Klischeeproduktionen der Vorabendserien kennt. Die Männer nehmen unsere Aussagen auf und stellen keine Fragen, bis wir alles losgeworden sind.

„Sie wissen, dass diese Anschuldigungen sehr schwerwiegend sind? Wenn es sich hier nur um eine Racheaktion handelt, weil Jannika Parov Ihnen zu nah auf die Pelle gerückt ist –" Ich unterbreche den Jüngeren der beiden, der sich uns als Kommissar Wagener vorgestellt hat. „Wir sind uns bewusst, was wir hier tun. Sie hat Dr. Dalca wirklich GEHASST!" Ich schaue zu Paula und sie nickt schnell. „Sie hat sogar davon gesprochen, wie gut wir es ohne ihn hätten." Die Polizisten wechseln einen vielsagenden Blick und bitten uns dann, noch kurz im Warteraum Platz zu nehmen. „Gut gemacht", lobe ich Paula und sehe zu meinem Missfallen, dass sie schon wieder ihr Smartphone in der Hand hat. Also lehne ich meinen Kopf an die hellgrau verputzte Wand und schließe die Augen, um mich auf das vorzubereiten, was zwangsläufig kommen muss.

Montag, 24. April – Campus Adolf-Reichwein-Straße

Nach einer Woche im neuen Semester habe ich schon fast wieder genug von den vielen Menschen und dem wiederkehrenden Stressgefühl. Die Tatsache, dass ich montags von 10 bis 18 Uhr am gleichen Campus bin, trägt nicht gerade dazu bei, dass ich mich besser fühle. Paula hat sich bei mir eingehakt, als wir uns zwischen den Baustellenschildern hindurch Richtung Bistro schlängeln, ihre Finger tippen auf dem Bildschirm ihres Smartphones herum, während ich uns navigiere. Gerade als wir an einer Gruppe Raucher vorbei kommen – unter denen sich zwei Polizisten befinden, die offenbar immer noch zu Ermittlungszwecken hier sind – stellt sich uns jemand in den Weg. Sofort bleiben wir auf der ersten der beiden Treppenstufen stehen.

Ich erkenne unser Gegenüber sofort: Jannika – ihr rotes halblanges Haar ist unverkennbar. Doch diesmal hat sie nicht den wie üblich etwas abwesenden Blick drauf, sondern sieht Paula und mich mit einem Ausdruck an, der mir schnell klarmacht, dass sie eins und eins zusammengezählt haben muss, nachdem sich die Polizei bei ihr gemeldet hat. „Könnt Ihr mir erklären, warum ich heute Morgen einen Brief von der Polizei mit einer Vorladung bekommen habe, um mich „Im Fall Dr. Dalca" zu äußern?" Ihre Stimme zittert leicht und ich merke, dass es ihr schwerfällt, leise zu sprechen. „Wir glauben, dass du ihn getötet haben könntest", antworte ich, wobei ich wesentlich ruhiger bleibe und ihrem Blick standhalte.

Jannikas Augen verengen sich, als sie zwischen Paula und mir hin und her schaut. „Ihr glaubt doch nicht im Ernst, dass ich – ?" Sie schaut uns entgeistert an. „Du hast gesagt, die Uni wäre ohne Dalca besser dran. Und deine Noten bei ihm waren miserabel", stellt Paula so ruhig fest, dass es mich beinahe überrascht. Jannika macht einen Schritt auf uns zu und für einen Moment bin ich mir sicher, dass sie vorhat, uns wehzutun. Doch eine feste Stimme von links lenkt uns ab. „Gibt es hier ein Problem?" Eine Polizistin, um die 40, hat unser Gespräch mitbekommen und schaut uns misstrauisch an. Jannika scheint inzwischen ihre Beherrschung fast ganz zu verlieren: „Allerdings! Die beschuldigen mich, Dr. Dalca umgebracht zu haben!" Sie macht erneut Anstalten uns näherzukommen. Die Polizistin hält sie an der Schulter zurück. „Dann müssen Sie Jannika Parov sein. Freut mich, Sie kennenzulernen." Sie grinst leicht und ihre Augen bleiben kalt. „Ich empfehle Ihnen, jetzt ganz ruhig –" Jannika unterbricht sie, während sie versucht, sich loszureißen und schaut uns mit beinahe panischem Blick an. „Ich war's nicht! Warum sollte ich sowas machen? Ich bin ÜBERALL schlecht, das ist meine Schuld!"

Ich verdrehe die Augen und werfe einen Blick zu meiner Freundin. Paula kaut auf ihrer Unterlippe herum, ein sicheres Zeichen dafür, dass sie angespannt ist und eine Angewohnheit, die ich von ihr übernommen habe. „Es gibt genug Leute, die bezeugen können, dass ich –" Doch sie wird unterbrochen, denn Paulas Anspannung löst sich in einem fast geschrienen Satz: „Gib endlich zu, dass du ihn geschlagen und aus dem Fenster geworfen hast, du mieses Schwein!" Ich schlage die Hand vor den Mund und sofort breitet sich eine seltsame Stille um uns herum aus. Die Polizistin wendet sich jetzt Paula zu, während sie von Jannika ablässt. „Woher wissen Sie, dass er geschlagen wurde? Diese Information haben wir der Öffentlichkeit nicht mitgeteilt." Paula wird sofort bleich und öffnet den Mund, ohne dass ein Wort herauskommt. „Wo waren Sie an dem Abend der Tat?" Paulas Unterlippe zittert, als sie ihre Stimme wiederfindet und leise piepsend antwortet „Z-zuhause?" Die Stimme der Polizistin ist jetzt hart und geschäftsmäßig. „Kann das jemand bezeugen?" Paula schaut verzweifelt zwischen ihr und mir hin und her, ihre Hand krallt sich um die Plastikhülle ihres Smartphones wie an einen Rettungsring. „Nein, ich wohne alleine aber... Eva! Du weißt, dass ich zuhause war!" Ich räuspere mich, als die kalten Augen der Beamtin auf mich gerichtet sind. „Ja, sie war... Moment." Mir fällt plötzlich etwas ein. „Hast du nicht gesagt, du seist noch an der Uni, um deinen Papierschein bei Professor Klein abzugeben? Außerdem bist du bei Dalca schon zweimal durchgefallen, oder nicht?" Inzwischen sind alle um uns herum stehen geblieben und hören uns zu. Es ist so still, dass man einen Zahnstocher fallen hören könnte, bis Paula stammelt: „Ich...Was? Nein!"

Wie durch ein schlecht eingestelltes Radio höre ich das Klicken der Handschellen und die Stimme der Polizistin, die sagt: „Sie werden hiermit in Gewahrsam genommen." Ich drehe mich weg, denn ich will Paulas Gesicht nicht sehen. Das heißt – eigentlich will ich es schon, aber die Beamtin soll denken, dass es mir unglaublich schlecht damit geht, sie in dieser Lage zu wissen. Dass es so reibungslos gehen würde, hätte ich nicht gedacht. Alles passt. Paula hat kein Alibi, dafür aber ein sehr gutes Motiv. Schließlich ist sie, genau wie ich, schon mehr als einmal bei Dr. Dalca durchgefallen. Im Gegensatz zu ihr habe ich allerdings darüber Stillschweigen bewahrt, schließlich muss ich die Illusion der perfekten, emsigen Studentin aufrechterhalten. Die brave, liebe Eva, die in allem gut ist und niemals zu so einer kaltblütigen Tat fähig gewesen wäre. Es auf Jannika abzuwälzen hat zwar nicht funktioniert, aber dann musste eben Plan B her, und der ist definitiv gelungen.

Mein Leben war so ruhig, bevor sich meine neue „beste Freundin" im ersten Semester neben mich setzte. Sie schaffte es von Anfang an, all meine Ablehnungsversuche positiv zu interpretieren, sodass ich mich schließlich ergab und hoffte, sie wenigstens nur bis zum Bachelor aushalten zu müssen. Ihre Handysucht, ihre Unsicherheit und ihre Anhänglichkeit haben mich beinahe mehr Nerven gekostet als die Horrorklausuren bei Dr. Dalca – welche Ironie. Jetzt bin ich sie beide los, die Nervensäge und das ungerechte Arschloch auf einmal. Paula wird dafür büßen, was ich getan habe. Und niemand wird je davon erfahren.

Über die Autorin: Ankay Black war schon als Kind passionierte Leserin und hat immer gerne geschrieben. Ihre ersten kleineren Texte waren abgeschriebene Lexikoneinträge und Nachrichten. Im Alter von neun Jahren veröffentlichte sie eine Kurzgeschichte mit dem Titel „Das Kamel und der Pinguin" in einem Sammelband, es folgten weitere Publikationen in Sammelwerken. Derzeit studiert sie an der Universität Siegen Kommunikation und Fremdsprachen im Beruf und arbeitet freiberuflich als Journalistin, Korrektorin und Autorin. Sie lebt mit ihrem Freund in einem kleinen Dorf in der Nähe von Siegen. Zu ihren Hobbys gehören neben dem Lesen und Schreiben auch Wandern und das Sammeln außergewöhnlicher Dinge. Derzeit schreibt sie an ihrem ersten Fantasy-Roman und einer Kurzgeschichten-Sammlung.

Kevin Volkmer

Altstadtnebel

Das Glas war fast leer und die Eiswürfel glichen schon kleinen Kugeln. Als er den starren Blick vom Glas hob und einen Zug von seiner Zigarette nehmen wollte, fiel lediglich die Asche vom letzten Stummel. Anstatt weiter im Dunkeln zu stochern, brauchte er endlich einen Erfolg, um wieder Aufwind zu bekommen. Mit dem wirtschaftlichen Wachstum nach dem Weltkrieg stieg die Nachfrage nach Glücksspiel, Alkohol und Rauschgift. Zeitweise arbeitete er für das Gesetz, was ihn als Detektiv nicht verhungern lies, seine Beliebtheit in dieser Altstadtkneipe jedoch nicht steigerte. Diese war nicht gerade für Gäste mit weißer Weste bekannt. Doch hier war er näher am wirklichen Geschehen. Er lenkte seine Aufmerksamkeit von seinen zermürbenden Gedanken zurück in die Gegenwart und strich die Asche vom Tisch. Seinen Fedora hatte er nicht abgenommen. Als er diesen an der Krempe hob, um seinen Blick frei zu machen, sah er die gleichen Stammgäste, wie an den anderen Sonntagabenden.

Seine Hand wanderte in die linke Manteltasche, um eine neue Zigarette hervorzuholen. Richard schaute zur Bar, wo der Wirt hinter der Theke Gläser spülte, während er die Bestellung einer Frau aufnahm. Obwohl sie sich offenbar hinter ihrem Hut und Pelzschal zu verstecken suchte, bemerkte Richard, dass er diese Frau noch niemals gesehen hatte. Weder hier, noch an einem anderen Ort in Siegen. Daran hätte er sich erinnert. Der Schal verbarg ihr blondes, langes Haar nur dürftig. Ein graues Kleid mit feinem Muster wurde von einem schlichten und doch eleganten, langen Mantel fast vollständig bedeckt.

Der Wirt griff in das Regal hinter sich und füllte einen Asbach in ein Glas über ein paar Eiswürfel. Als er es der Unbekannten überreichte, legte sie ihre Finger nacheinander an das Glas und drehte sich in den Raum um. Dann schritt sie langsam und aufrecht genau auf Richard zu. Ihre Augen waren fest auf ihn gerichtet. Sie schlossen sich nicht ein einziges Mal. Bei ihm angekommen, beugte sie sich leicht vor, bis die alte Hängelampe die Schatten des Hutes vertrieb und ihm ihr hübsches Gesicht enthüllte. Sie stellte das Glas auf einen neuen Bierdeckel und schob seines beiseite. Er bemerkte einen angenehmen Rosenduft, der von ihr herüber strömte.

Sie legte eine Schachtel Streichhölzer neben seine Hand, in der die Zigarette wartete. Ihr selbstsicherer Blick war durchgängig auf Richards Augen gerichtet. Dann zwinkerte sie und schritt durch die Kneipentür hinaus in die Dunkelheit. Dunst aus der Kneipe strömte mit ihr hinaus und vermischte sich draußen mit dem Nebel. Richard musste sich vergewissern, dass sich dies nicht nur in seinen Gedanken abgespielt hatte. Einzelne Gäste schauten jedoch ebenso verwundert zur Tür.

Er ergriff die Streichholzschachtel, entzündete ein Hölzchen und steckte seine Zigarette an. Einen genussvollen Zug später legte er die Schachtel zurück auf den Tisch. Dabei hatte er sie unbewusst umgedreht, so dass sein Blick jetzt auf ein handgemaltes Symbol fiel. Er kannte das geschwungene Zeichen nicht, jedoch etwas anderes. Richards Augen weiteten sich. Unter dem Zeichen war das Logo der Wiesenbauschule zu erkennen, einer Ingenieurschule am Haardter Berg. Als Richards Vater noch im Bauamt arbeitete, sprach er von der Wiesenbauschule immer abfällig als „Baumschule", war sich aber trotzdem sicher, dass aus ihr einmal eine Gesamthochschule oder Universität hervorgehen würde.

Richard hatte seinen Vater mehr als ein Jahr nicht mehr gesehen. Das war auch für ihre Verhältnisse lang. Mit seiner Vorhersage schien dieser jedoch recht zu behalten: Nun, fast 15 Jahre nach dem Ende des zweiten Weltkriegs, konzentrierten sich die Erweiterungspläne der Wiesenbauschule von Jahr zu Jahr zunehmend auf das Gelände des Unteren Schlosses. Diese Pläne fand auch Richard ungewöhnlich, schließlich gäbe es genügend anderer Erweiterungsflächen, die einfacher zu erschließen wären.

Er drehte die Streichholzschachtel immer wieder in seinen Händen. Was wusste diese Frau, was er nicht wusste? Und noch viel wichtiger: War sie eine Informantin oder ein Lockvogel? Es gab nur einen Weg dies herauszufinden, und besonders viel zu verlieren hatte er gerade ohnehin nicht.

Die Tür schloss sich hinter ihm und Richard wurde vom Nebel erfasst, der sich in dieser Nacht besonders fest um die Gemäuer legte, so, als wolle er sich dem eisigen Luftzug entgegenstellen. Seit Tagen klammerte sich der feuchte Dunst an den Siegberg. Richard steckte die Streichholzschachtel in die Tasche seines Mantels. Mit der anderen Hand zog er den Hut tiefer ins Gesicht. Den Kragen konnte er nur so dicht zuziehen, bis die Schnittverletzung im Nacken schmerzte. Er würde in Richtung des Unteren Schlosses gehen, machte aber noch einen Umweg zu seinem bescheidenen Büro. Es bestand aus einem Arbeitsraum mit einem Schreibtisch, einer viel zu engen Abstellkammer und einem nur oberflächlich gepflegten Bad. Die Eingangstür war mit einem großen Fenster ausgestattet. Richard zog dessen Jalousie herunter. Er spähte kurz zwischen den Lamellen hindurch nach draußen. Die Straßenlampe zeichnete dabei ein Streifenmuster auf sein Gesicht. War ihm jemand gefolgt? Er war sich nicht sicher. Richard ließ sich auf seinen ledernen Bürostuhl nieder und atmete tief durch. Verschlossen im schweren Schreibtisch bewahrte er seine Waffe. Er holte sie hervor, verbarg sie unter dem Mantel, und ging dann wieder hinaus in den Nebel.

Schon vor Tagen war er die alten Siegener Stadtmauern abgegangen, als er das aktuelle Geflüster mitbekommen hatte. Es musste doch einen Grund haben, dass die Wiesenbauschule für ihre Erweiterung unbedingt das Untere Schloss nutzen wollte. Bisher hatte er viele Teile der nassauischen Überreste nicht bewusst wahrgenommen, obwohl sie überall um den Siegberg herum verstreut waren. Viele Gänge im Berg, hinter diesen alten Mauern, waren auf den Archivkarten lediglich angedeutet und inzwischen nicht mehr zugänglich. Die Stadt war ein Eisenbahnknotenpunkt und eine Rüstungsschmiede der Nazis gewesen. Diese erweiterten die alten Gänge des Siegbergs noch um ein Netz aus Bunkern und Stollen. Nur dort konnte er sich vorstellen, mit dem Hinweis auf der Schachtel weiterzukommen.

Jenen ersten Rundgang hatte er abgebrochen, weil er sich eine Schnittwunde im Nacken zuzog, die unangenehm blutete. Diesmal würde er darauf achten, nicht an den alten Mauerbefestigungen hängen zu bleiben.

Als er an der Zigarette zog, machte das Glutglimmen den Nebel vor seinen Augen noch undurchsichtiger. Die Schuhe klackerten auf dem Kopfsteinpflaster hinunter zum Schloss und den alten, bröckelnden Stadtmauern. Die Gebäude zu seiner linken und rechten waren gewöhnliche, schiefergedeckte Wohnhäuser. Bald darauf war er unweit des Schlosses und er schlug Wege ein, die er noch nicht beschritten hatte. Der Wind wehte kurz und heftig um seine Beine. Sein flatternder Mantel zog ihn zu einem Gebäude, das ans Schlossgelände grenzte. Ein noch nahezu rostfreies, fußhohes Schild, das nur mäßig auffällig den Schriftzug „Wiesenbauschule – Ausstattungsbedarf" trug, prangte an der Pforte zu einem einsamen Hof. Nach einem Anhaltspunkt wie diesem hatte er gesucht. Er betrat den von zwei Laternen ausgeleuchteten Hof. Das Licht einer der Laternen flackerte unruhig.

Ein paar dornige Büsche und eine Eingangstür, die durch den Nebel kaum zu sehen waren, fingen seine Aufmerksamkeit ein. Er näherte sich der Tür und betrachtete den Briefkasten, auf dem der Schriftzug des Pfortenschilds wiederholt war. Durch ein schmales Fenster in der Tür konnte er nur einen dunklen Flur erkennen, aber keinen Lichtschein unter den angrenzenden Raumtüren, der auf Personen hinweisen würde. Daher drehte er sich in den Hof herum. Von einem der Büsche nahezu verdeckt, fand er einige Stufen, die hinunter zu einer unaufdringlichen zweiten Tür führten. Es musste eine Art Kellertür sein, denn er sah weder Briefkasten, noch Namensschilder. Auf einer der Stufen sah er ein Streichholz liegen. Es war nicht entzündet worden und noch ganz trocken und musste daher vor kurzem dort platziert worden sein. Eine unauffällige Spur für ihn?

Er hob eine Hand und klopfte an die massiv wirkende Tür. Der Nebel war wie eingefroren und damit, so schien es, auch sein Zeitempfinden. Waren es Sekunden oder Minuten? Dann öffnete sich ein kleiner Spähschieber. Da er durch den kleinen Spalt nichts erkennen konnte und ebenso keine Stimme vernahm, war es offensichtlich, dass die erste Aktion von ihm erwartet wurde. Seine Hand wanderte in die Manteltasche, wo seine Fingerspitzen die Streichholzschachtel erfühlten und herauszogen. Mit dem Symbol in Richtung des Spähers hielt er sie dicht vor den Spalt in der Tür. Nachdem ein kurzer Lichtschein aus dem Inneren das Betrachten der Schachtel verriet, schloss sich der Schieber und die Tür öffnete sich knarzend. Demnach hatte er das Rätsel um das Symbol auf der Schachtel gelöst: Es war ein Passwort.

Ein Mann im dunklen Anzug bat ihn mit kühlem Blick hinein. Eine Ausbuchtung unter dem Anzug verriet ein Waffenholster. Er war wohl eine Wache. Was musste hier bewacht werden? Die Tür wurde mit einem lauten Knacken hinter ihm verriegelt. Eine kleine Kabine befand sich nahe der Tür. Dort hob eine zweite Wache den Kopf, bis sie an der Krempe des eigenen Hutes vorbei Richard mustern konnte, blieb aber sitzen. Die erste Wache führte ihn einen schwach beleuchteten Gang entlang, der leicht abschüssig nach unten führte. Im Gang war kein Nebel wie draußen, nur ein leichter Rauchdunst. Richard war überrascht, dass keine der Wachen ihn nach einer Waffe durchsucht hatte.

Am Ende des Ganges gab die Wache ein deutliches Klopfzeichen an einer zweiten Tür. Spätestens jetzt waren sie unter dem Gelände des Schlosses angekommen. Die Tür öffnete sich und gab, an einer dritten Wache vorbei, den Blick frei auf einen rauchigen Aufenthaltsraum. In der Mitte des Raumes stand ein Spieltisch mit zwei Personen. Sie waren vertieft in ihr Spiel und schauten nur kurz zu ihm auf. Die Lampe knapp über ihrem Tisch ließ die Karten lange Schatten auf ihre Anzüge werfen. Keiner von ihnen schien überrascht, Richard hier zu sehen.

Trotz des Zigarettenrauchs bemerkte er einen Rosenduft. Auf der rechten Seite des Raumes stand ein Barkellner hinter einer kleinen Theke vor einer Getränkeauswahl. Auf einem Barhocker saß die geheimnisvolle Dame aus der Altstadtkneipe. Ihre Beine waren übereinandergeschlagen und mit einem Fuß wippte sie leicht. Im Gegensatz zu ihm schien sie nicht überrascht. Sie hatte Mantel und Schal abgelegt und empfing ihn mit einem Lächeln, während sie ihren Zigarettenhalter auf die Theke legte. Richard war allerdings weniger bezaubert, als vielmehr beunruhigt. Wäre sie eine geheime Informantin, würde sie sich nicht der Gefahr aussetzen, mit ihm in Verbindung gebracht zu werden. Zudem ließ sie sich nun von dem Barhocker herab und bedeutete Richard, ihr zu folgen.

Seine Intuition riet ihm, von hier zu verschwinden. Aber es waren wohl ihr Bann und seine Neugier, die ihn dies nicht tun ließen. Er folgte ihr durch einen langen, dunklen Gang, der sich schon bald rechts und links in weitere modrige Gänge verzweigte. Manche der Gänge waren offensichtlich schon vor längerer Zeit eingestürzt und weitestgehend unzugänglich. In einigen der seitlichen Stollen konnte er dunkle Holzkisten erkennen.

Sie öffnete eine schwere Tür und ließ ihn eintreten. Hier befanden sich weitere Kisten, die durch den schwachen Laternenschimmer gerade noch zu erkennen waren. Er musste seine Augen zusammenkneifen, um die Beschriftung „Wiesenbauschule" auf ihnen zu erkennen. Auf einer der unteren Kisten konnte er zusätzlich noch den Schriftzug „BAYER" erkennen. Nun dämmerte es ihm: BAYER stellte bis Anfang der 1930er Jahre Heroin her, ganz legal. Man dachte damals mit dem halbsynthetisch hergestellten Heroin ein hochwirksames, nicht abhängig machendes Schmerzmittel gefunden zu haben. Ein Irrtum. Aber Restbestände wurden ganz offiziell noch bis 1958 verkauft. Erst danach wurde die Droge für illegal erklärt und komplett in den Untergrund gedrängt. Offenbar wurde hier jetzt der Name der Wiesenbauschule als Tarnung für den Großhandel mit Rauschgift missbraucht. Die Expansion der Wiesenbauschule ins Untere Schloss würde mit einem Schlag alle Gänge und Zugänge unter die Kontrolle des Drogenkartells bringen und die Tarnung perfektionieren. Dafür musste das Kartell schon vor einiger Zeit begonnen haben, ein Marionettenspiel mit sorgsam positionierten Figuren aufzubauen. Wahrscheinlich war das komplette Direktorium und auch Teile der Stadtverwaltung schon unterwandert.

Schlagartig erkannte er den vollen Umfang der Gefahr, in der er sich nun befand. Das dumpfe Zufallen der Tür hinter ihm steigerte seine aufkommende Angst zu blankem Entsetzen. Sein Herz pochte schnell, während er begann, die Hand möglichst langsam und unauffällig in den Mantel zur Waffe gleiten zu lassen. Doch die Frau stand bereits hinter ihm. Blitzschnell und zielsicher bohrte sie ihre Nagelspitzen durch seinen Mantel in die verborgene Schnittwunde. Seinen ersten Rundgang vor einigen Tagen hatte er offensichtlich nicht unbeobachtet gemacht. Der stechende Schmerz ließ ihn zusammenfahren und zwang ihn, seine Hand zu stoppen. Die Frau löste ihren Griff und umkreiste Richard. Mit einem im Laternenlicht glänzenden Revolver zielte sie zwischen seine Augen. Er dachte an die Notizen, die er vorhin am Schreibtisch noch gekritzelt hatte, um seine Gedanken zu sortieren. Sie könnten dazu beitragen, dass jemand derselben Spur folgte wie er und letztendlich verstand, warum plötzlich so viel Geld für die aufwändigen Umbauten des maroden Gemäuers da war, warum die Leitung der Schule, gegen den Widerstand des Bauamtes, die historischen Gebäude unbedingt für die Erweiterung nutzen wollte. Aber sein Notizbuch müsste dafür in die richtigen Hände gelangen.

Richard sah, am Revolver vorbei, in das Gesicht der Frau. Alles schien ihm wie in einer Zeitlupe eingefangen. So langsam wie sich ihr Zeigefinger krümmte, öffneten sich auch ihre Lippen: „Sie werden ihn hier nicht mehr finden. Ihren Vater."

Über den Autor: Kevin Volkmer, Jahrgang 1988, ist wissenschaftlicher Mitarbeiter an der Universität Siegen im Bereich Maschinenbau. In seiner Kindheit und Jugend wurde er von MacGyver und Jackie Chan beeinflusst. Der Autor ist Straßenturner und Wassersportler und ihm wird nachgesagt, auf seinen Auslandsreisen Hauptstädte zu meiden. Die letzte Kurzgeschichte im Stile des Film-Noir, die schon während seiner Schulzeit entstand, hat er sich nun als Anregung genommen und zu einer düsteren Detektivstory ausgearbeitet. Dieses Mal spielt die Handlung in seiner Heimatstadt Siegen.

Martin Reinschmidt

Traum Raum

—

Jan S. ließ seinen Zeigefinger über ein Gebirge von versteinerten Kaugummis gleiten. Er kannte jede Erhebung. Schließlich wählte er diesen Platz im Blauen Hörsaal resolut an, hatte er ihm doch stets gute Ergebnisse eingebracht. Keiner der Kaugummis stammte von ihm. Er hatte Vermutungen darüber angestellt, inwiefern die ertastete Kontur unter dem ausgeleierten Sitz ihm weitläufiger vorkam, als sie wirklich sein konnte, ähnlich den Bewegungen der Zunge in der Mundhöhle, die dem Gehirn auch ein übertriebenes Bild von deren Ausmaßen vermittelte. Jan hatte öfters Freiraum zu Gedankenspielen dieser Art, war ihm doch vieles von dem, was Professor Mandelsang zum Thema *„Die Relevanz des Traumes bei Jung und Freud: Ein Überblick"* referierte, bekannt.

Die Vorlesung war wie immer gut besucht, das Thema traf auf breites Interesse. Mandelsang vermochte es, komplexe Sachverhalte zu vereinfachen und lange Disputationen auf den Punkt zu bringen, kein Zweifel.

Jans Finger stieß auf noch mundwarme Masse. Ein Papierröllchen steckte drin. Er zupfte es hervor. Wie Garnelenfühler hingen Kaugummifäden an dem Zylinderchen.

Frauenschrift.

„Ich werde dich wiedersehen. Lämmergasse 30."

...so stimmen, trotz tiefer Divergenzen bezüglich der hieraus für die Psychoanalyse zu ziehenden Erkenntnisse, beide in gewisser Weise darin überein, dass die Traumerfahrung das Wetterleuchten des Unbewussten ist, sofern es dem Patienten gelingt, zu artikulieren...

Jan S. war Lehramtsstudent. Mandelsangs Vorlesung war schon recht fachspezifisch für das erziehungswissenschaftliche Teilstudium. Zumindest erwartete er nicht, Träume seiner zukünftigen Schüler deuten zu müssen.

Ob er das Zettelchen zurückstecken sollte? Vielleicht war sein Sitz ein toter Briefkasten. Schließlich wurde sonst gern auf die Tische geschrieben, da musste es einen Grund haben, dass dieser Hinweis versteckt angebracht worden war.

—

Am übernächsten Vormittag, einem Mittwoch, gegen zehn, strebten wie üblich Ströme von Studenten dem Hauptgebäude entgegen. Die C111 hatte ihre Passagiere ausgespuckt. Gelächter, schicksalsschweres Schreiten, Diskussionen im Anmarsch auf den aus angedrängten Nebenflügeln, gleich einem gigantischem Buntstift, ragenden blassblauen Turm.

Jan wollte an der Uni frühstücken.

Als er an der Kasse stand und gerade dabei war, sein Brötchen zu bezahlen, verengten sich, mit Blick auf eine Schlagzeile der Lokalzeitung, seine Augen.

„Studentin in Tod gestürzt"

Tragischer – Trinkgelage – Lämmergasse – Tod feststellen...

Lämmergasse?

„Zwei fuffzig!" Wie von einem weit entfernten Tunnelende klang die Zahlungsaufforderung der Kassiererin.

„Ach, und bitte noch eine Zeitung."

„Ja weißte wat! Immer noch net ausgeschlafen, wa?"

Er ließ das korpulente Wesen – das manche den „Campus-Cerberus" nannten – bei dieser Vermutung und bezahlte.

Eine Studentin war über die Brüstung eines Treppenhauses in die Tiefe gestürzt. Offenbar hatte sie sich übergeben und dabei den Halt verloren. Ein Hausbewohner hatte den Körper in der Frühe vor dem Kellereingang des Mehrparteienhauses gefunden.

Genickbruch. Vorher offenbar Party. Die Ermittlungen liefen noch.

Lämmergasse.

Jan raffte seine Sachen zusammen, um zum Hörsaal zu hasten.

Die Botschaft war verschwunden.

Er beschloss, die Sache mit dem Zettel erst mal für sich zu behalten.

Kriminalhauptkommissar Siebel und sein Mitarbeiterstab standen vor einer unangenehmen Aufgabe. Der Tod eines so jungen Menschen ging, trotz aller Routine, auch an den Hartgesottensten unter ihnen nicht spurlos vorüber. Zudem mussten sie jetzt im traumatisierten Freundeskreis der verstorbenen Studentin, sie hieß Anna Gura, ermitteln. Noch am Abend zuvor hatte sich die Clique in Annas WG zu einer Party getroffen.

Wollte Siebel den Aussagen des Nachbarn Alfred Sayn Glauben schenken, dann war es dort wild hergegangen. Der Pensionär gab an, mehr als einmal an die Decke geklopft zu haben, bis endlich, nach Abzug des „Studentenpacks", wie er sich ausdrückte, Ruhe eingekehrt sei. Er habe „die Russin" dann noch oben einige Zeit rumrumoren hören, schließlich aber sei es endgültig still geworden. „Mitten in der Woche – das wird immer schlimmer, Herr Kommissar!"

Die WG-Mitbewohnerin hatte Siebel trotz ihres apathischen Zustandes bereitwillig Namen und Adressen aller Partygäste genannt, sich aber ansonsten sehr zurückhaltend gezeigt. Hatte Frau Gura ein Verhältnis gehabt? Drogen genommen? War sie gestern sehr betrunken gewesen? War ihr nach dem Zubettgehen irgendetwas aufgefallen? Hatte Anna Feinde in

Haus oder Uni gehabt? Er hatte fast nur Kopfschütteln oder Schulterzucken geerntet.

„Ein bisschen Rumgerenne nach dem Zubettgehen eben."

Jan fiel es schwer, sich zu konzentrieren. Vor den großflächigen Scheiben der Bibliothek quetschten sich immer wieder Grüppchen von Studentinnen unter Niederschlagssalven her. Ein Lehrbeauftragter mit weinerlichem Gesicht und Hand vor dem Revers hastete vorbei, gebeugt wie ein Stier im Anlauf gegen einen Torero. Schirme stülpten um.

Immer wieder wanderten Jans Gedanken zu der Botschaft aus dem Hörsaal. War es eine Ankündigung gewesen? Hatte der Zettel etwas mit dem Todessturz der Studentin zu tun?

Er ging zum Semesterapparat. Vor dem Regal stand Drago. Doktorand Ralf Goss. Er überzeugte sich von der Vollständigkeit der Begleitliteratur und hatte für Mandelsang, seinen Doktorvater, kopiert.

Drago hielt sich für unwiderstehlich und steil auf dem Weg nach C4.

„Entschuldigung – darf ich?" Jan schob sich vorbei.

Drago wich erst Sekunden später zur Seite. Oben auf seinem Stapel lag ein E. A. Poe Band. Ein Lesefähnchen klebte an seiner sehnigen Hand, die er allwöchentlich in der Boulder-Halle stählte.

„Entspannungslektüre?"

Dragos Nickelbrille schleuderte seinen Blick weit über den Rollkragen hinaus.

„Von wegen. Wir arbeiten zu Hypnose. The facts in the case of M. Valdemar…"

Eine Pupille verschwand für einen Moment.

„Ach so. Wäre da nicht eher Sachliteratur angesagt?"

„Mein lieber Lehrämtler, Sachliteratur zu Parapsychologie ist rarer als gebildete Atheisten im Siegerland. Da muss es schon mal Poe sein."

„Sicher." Ein Gedanke durchzuckte Jan. „Sag mal, war die ums Leben gekommene Studentin eigentlich auch in Mandelsangs Vorlesung?"

Drago runzelte die Stirn. „Warum?"

„Weil…" Fast wäre Jan die Sache mit dem Zettel unter dem Sitz herausgerutscht.

„Keine Ahnung. Hätt' ja sein können."

Siebel schaute den jungen Mann vor ihm durchdringend an. Max Adam spielte mit einem obszönen Stifthalter aus Porzellan, der in der Mitte des Küchentisches gestanden hatte. Ein Frauenkörper, in dessen hochgerecktem Hinterteil das Schreibutensil aufbewahrt wurde. Erst jetzt wurde er sich seiner Tätigkeit gewahr. Errötend schob er die Kulivenus zurück.

„Ich habe Sie was gefragt."

„Also gut. Sie hat zwei Wochen vorher mit ihrem Freund Schluss gemacht. Keine Ahnung warum."

„Name? Adresse?"

„Aber was hat das mit …" Wieder glitt seine Hand zu dem Porzellanhintern, aber er besann sich rechtzeitig. „Also gut. Hendrik Schneider, Am Gottstuhl 3, Herzhausen."

„War er auch auf der Feier?"

„Nein. Er war anfangs total fertig, dann nur noch sauer. Wir studieren zusammen. E-Technik."

„Wissen Sie, warum die beiden sich getrennt haben?"

„Nee. Irgendwas mit 'nem Neuen… aus der Ukraine."

„Wie hatte Frau Gura die Trennung verkraftet?"

„Eigentlich recht gelassen. War 'ne Tante von Welt. Die hat mit dem Dorftrottel nur'n bisschen – Sie wissen schon…"

„Dorftrottel? Ich dachte, er studiert mit Ihnen?"

„Fahren Sie mal hin, dann wissen Sie Bescheid."

Neugier hatte Jan in die Oberstadt getrieben. Ein Fußballspiel im Europapokal hatte die regennassen Straßen endgültig geleert.

Er bog in die Lämmergasse ein.

Nr. 30 lag still und nahezu gleichgültig in der Herbstnacht. Ein Zeitungsklumpen zerfiel auf dem Gehsteig. Irgendwo lief ein Gulli über.

Im Treppenhaus flammte Licht auf. Kurz darauf öffnete sich die Eingangstür. Eine Frau trippelte über Kopfsteinpflaster zu einem Fiat.

Plötzlich flatterten Tauben vom Dachfirst auf. Irgendwas musste sie aufgeschreckt haben.

Siebel steuerte seinen Golf über Landstraßen. In der Dunkelheit abseits des Asphalts ahnte er Kuhweiden und Obstbaumwiesen. Von Zeit zu Zeit tauchte ein Weilerschild auf.

Er hatte Hendriks Eltern noch erreicht.

Sie meinten, der Junge arbeite grade, oben im Bergstall.

Hendriks Heimatort war wie ausgestorben. Licht drang durch geschlossene Läden. Eine Katze trippelte über die Straße. Am Ortsausgang winkten Gartenzwerge. Weiter wand sich die Straße hinauf in die Wälder, bis zur Rechten der Stall auftauchte. Siebel fuhr auf den Vorhof. Durch das Tor sah er die in die Silage blasenden Kuhköpfe.

Jan starrte in die Höhe. Er glaubte seinen Augen nicht zu trauen. Eine Gestalt schälte sich hinter einem Schornstein hervor und ließ sich zu dem Fenster hinab. Sie verschwand in der Gaube. Alles war in Sekundenschnelle geschehen. Der Schein einer Taschenlampe huschte durch die Kammer. Der Besucher erschien wieder, schwang sich auf das Dach, robbte zum First und verschmolz mit der Nacht.

Jan wartete fünf Minuten, bis er sich aus der Deckung wagte. Er wieselte zum Hauseingang und drückte einen altmodischen Namen. Die Oma betätigte den Summer.

Siebel betrat den Stall. Wärme empfing ihn. Schnaubendes Kauen, strohgedämpfte Kuhkotnote.

„Herr Schneider?"

Er durchmaß den Stall mit wenigen Schritten und trat in einen Nebenraum. Wieder rief er. Eine Schachtel Zigaretten lag auf einem Campingtisch. Mistgabeln und Kalender, eine zugestaubte Kiste Wasser. Hinter einer Tür vermutete Siebel eine Scheune. Er lugte hindurch.

Im Halbdunkel machte er eine Gestalt aus, die von einem Deckenbalken hing.

Bald stand Jan vor der obersten Wohnung. Er klingelte. Nichts. Natürlich verschlossen. Ein leichtsinniger Mensch würde … Er fand den Schlüssel auf der Zarge.

Ein kurzer Flur mündete in eine Küche, von der drei Türen abgingen. Eine war versiegelt. Er war wie im Rausch. Was hatte der Dächerkletterer hier gesucht? Er drückte die Klinke mit dem Ärmel über den Fingern.

Das Zimmer einer Frau. Bett in der Mitte, Schreibtisch, Schminkspiegel. Auf einem Poster an der Wand, kyrillische Schrift. Unter der Decke ein rotes Pünktchen. Rechner wohl schon bei der

Spurensicherung. Über allem ein Schleier von Straßenlampenlicht.

Jan tappte durch den Flokati, spürte etwas Hartes. Er bückte sich. Eine Elektrode. Er steckte sie ein.

Von draußen brandete entfernter Applaus auf. Die deutsche Mannschaft musste ein Tor erzielt haben.

Das Tapsen auf dem Dach hörte Jan nicht.

Ein Schuss krachte. Siebel warf sich auf den Boden. Das erste, was er sah, als er den Kopf wieder hob, war die baumelnde Puppe. Ein Gewehr wurde durchgeladen. Wieder bekam das makabre Ziel eins übergebrannt. Der Kopf zerstob in tausende Stücke. „Take that, bitch!"

„Herr Schneider!" brüllte Siebel, seine Walther zückend.

„W-was is?"

„Ich wollte mit Ihnen reden!" Er vermied es, sich einem betrunkenen Bewaffneten mit „Polizei" anzukündigen.

Hendrik Schneider kam hinter einem Rundballen hervor gewankt, auf dem das Jagdgewehr und eine Flasche Wodka lagen.

„Zu-zu Diensten, Korporal." Er salutierte.

„Herr Schneider, es geht um eine ernste Angelegenheit. Ihre Freundin Anna …"

„Ex-Freundin! F...fotze. Da hängt se!" Er wollte zurück zu dem Gewehr torkeln.

Siebel packte entschlossen zu und zerrte ihn an den Tisch.

„Hinsetzen! Polizei!"

Hendrik beschielte ehrfürchtig die Pistole in Siebels Hand. Mit der Linken wählte der Kommissar Verstärkung heran.

Jan hatte sich unter das Bett geschoben, als er die Beine vor dem Fenster hatte baumeln sehen. Instinktiv und dumm. Er saß in der Falle. Aber keiner wusste, dass er hier war. Warum kam der Typ noch mal zurück?

Der Eindringling schritt zur Zimmertür. Stille. Dann erklang das Kratzen einer verzerrten Stimme: „Komm raus."

Jan schob sich vor. Ein Elektroschocker raubte ihm das Bewusstsein.

Sie hatten ihn mit Kabelbindern auf dem Stuhl festgebunden. Er hatte sich eine Flasche Wasser über den Kopf geschüttet. Nun zeigte er sich vernehmungsfähig.

„Herr Schneider, Sie schießen auf aufgehängte Schaufensterpuppen – irgendeine Erklärung?"

„Das – das war Abreaktion. Jagdschein hab' ich. So 'ne Schlampe."

„Sie sprechen von Ihrer Ex-Freundin Anna Gura?"

„Ja. Woher wissen Sie…?"

„Sie wissen, dass sie gestern ums Leben gekommen ist?"

Fassungslosigkeit trat in Hendriks Blick.

„Das … das ist doch nicht wahr!"

„Leider. Warum wussten Sie nichts davon?"

Hendrik kämpfte mit den Tränen. Es dauerte eine Minute, bis er antwortete: „Ich – – ich hab' mich die letzten Tage meistens hier oben zurückgezogen. Keine Uni, kein Handy, keine Zeitung, Auto im Arsch… Wie…?"

„Dazu später. Mein Assistent bringt Sie zurück. Wir wollen in Anbetracht der Umstände darüber hinweg sehen, dass Sie hier alkoholisiert rumgeschossen haben. Aber würden Sie uns vielleicht sagen, warum sie Sie verlassen hat?"

„Ja… im Januar hat sie ein ehemaliger Freund aus Kiew besucht. Da muss was gelaufen sein. Im Sommer hat er ihr gesagt, dass er gegen die Russen kämpfen wollte. Irgend so'n Gefasel von Yperon und Idiotima."

„Hyperion und Diotima?"

„Auch gut. Im Herbst ging er dann Hops. Sie war total durch. War aber ständig bei dem Psychofuzzi vom Adolf-Reichwein. Sie hat mich links liegen gelassen und mir letzten Dienstag gesagt, dass es vorbei ist."

„Psychofuzzi?"

„So'n Lackaffe mit Nickelbrille. War auch schon mal in ihrer WG."

„Name?"

„Sie hat ihn immer Dr. Goss genannt.“

„Waren Sie zu der Party am Dienstag eingeladen?“

„Nee. Was sollt' ich da? Meine Ex angaffen?“

„Wo waren Sie dann?“

„Hier. Ich war den ganzen Abend im Stall.“

„Ihr Studienkollege Adam war mit von der Partie.“

„Nix Neues, der notgeile Bock... Dann isser diesmal g'wiss zum Schuss gekommen. Mich würd' nix mehr wundern.“

„Soll ich daraus entnehmen, dass er auch ein Auge auf Anna geworfen hatte?“

„Eins? Zwei! Und sein' Schwanz dazu.“

Jan lag in einem Kofferraum, an Händen und Füßen mit Klebeband gefesselt.

Auf eine kurvenreiche Bergfahrt folgte ein Holperweg. Der Wagen hielt.

Der Fahrer hatte durch die kurz zuvor in der Wohnung installierte Minikamera beobachtet, dass Jan das Zimmer betreten und die Elektrode gefunden hatte. Darauf war er erneut über die Dächer zu dem Raum der Verstorbenen gekommen. Er wohnte in der Nähe. Sein Speicherfenster öffnete sich auf denselben Dachbereich.

Er hatte nicht gewollt, dass die Frau dem Experiment zum Opfer fiel. Aber so wie es aussah, war etwas schiefgelaufen. Verdammt schief. Und nun galt es, Spuren zu verwischen. Gottlob hatte niemand die Elektrode bemerkt. Und dann war der andere Schnüffler gekommen. Der hatte das Ding gefunden und musste jetzt irgendwo entsorgt werden. Nach dem Schocker würde der sich an nichts mehr erinnern können. Er würde ihm noch Gin einflößen, damit der auch wirklich wie eine Schnapsleiche am schönsten Aussichtspunkt der Stadt aufwachte.

Er würde neue Dimensionen aufstoßen.

Jan ließ sich aus dem Kofferraum heben. Was kam jetzt? Kein Licht weit und breit. Es ging durch Wald und Sand.

Von weit unten vernahm er das ferne Rauschen eines Zuges. Wollte der ihn etwa…?

Jan zuckte wie ein Aal. Grunzend brach sein Träger zusammen. Jan spürte Schlacke und verlor sofort den Halt. Seine Hand verkrallte sich in einer Tasche, riss einen Schlüsselbund heraus. Dann ging es in die Tiefe.

Wie an einen Anker krallte sich Jan an den Schlüsselbund. Er verlor jeglichen Bezugspunkt, spürte Geröll und Steine und ab und an dürre Ruten. Die Augenbinde war weg. Er krümmte sich, flog aber mehr als er rollte den Steilhang hinunter.

Sein Körper peitschte in Unterholz.

Regen tropfte von den Zweigen. Nicht weit entfernt hörte er den anderen. Er musste ihn mitgerissen haben. Beide hatten den Sturz überstanden.

Jan erkannte die grauen Wände. Die Abraumhalde nahe dem Unikomplex. Besprenkelt mit giftgenährten Krüppelbirken.

Wie gelähmt lag er im Geäst. Er sah die Gestalt durch die Zweige brechen. Zwei Meter neben ihm blieb sie stehen. Horchte. Dann murmelte sie etwas und entfernte sich.

Jan bemerkte erst jetzt, dass er den Schlüsselbund in der Hand hielt. Ein USB-Stick hing dran. Es würde nicht lange dauern, bis der Verlust bemerkt würde. Wie wahnsinnig ratschte er das Klebeband an einer Wurzel entlang, bis es zerriss. Nachdem er auch die Fußfessel entfernt hatte, rannte er in die schlafende Vorstadt hinab.

—

Siebel saß in Mandelsangs Büro. Der Professor starrte auf den Bericht, der auf dem USB-Stick gespeichert war. Der Steckspeicher hatte mit entsprechendem Hinweis im Türgriff eines Polizeiautos vor dem Apollo-Theater geklebt.

Hinter dem Kopf des Professors eröffnete sich der Blick auf den Giersberg. Hin und wieder brach die Sonne bis zu dem Van Gogh an der Wand durch.

Probandin A befindet sich in psychischer Ausnah-
mesituation. Sie hat eingewilligt, an Traumhypnose B
teilzunehmen.

Hierzu verwendet Versuchsleiter C Trauminitiator
D, der ähnlich einem rückgekoppelten EEG Traum-
zentren mit Hilfe schwacher, induzierter Ströme sowie
akustischer Impulse anspricht. Zuvor war A gebeten
worden, sich gedanklich in Wunschsituationen zu ver-
setzen und mit Musik zu assoziieren. Die hierbei akti-
vierten Regionen und Hirnströme wurden analysiert.
Durch Interpretator E ist es möglich, die Codierung
dieser Empfindungen mittels Überbrückung der Sin-
nesblockade auf die Transmitter der REM-Phase zu
adaptieren und somit dem unterbewussten Probanden
einzuspielen. All dies leistet D. Das Leitmotiv von Träu-
men wird somit <u>planbar</u>.

Probandin A hegte den Wunsch, ihren verstor-
benen Partner zu erträumen. Nach Versuchen mit
weniger emotional belasteten Inhalten, stimmt sie dem
Experiment in ihrer Wohnung zu. C ordnet zum opti-
malen Verlauf an, zunächst ein ablenkendes Ereignis
stattfinden zu lassen. Auch musste eine analoge Notiz
mit Wunsch und Ort der Traumbegegnung an einem
öffentlichen Ort hinterlassen werden. Dies zeigte bisher
Placebowirkung auf Probanden. Aus Erfahrungswerten
ergab sich ferner, dass C Versuchsraum durch anderen
Zugang als A betreten sollte. Ergebnisoptimierung ist
wie in Palliativmedizin in vertrauter Umgebung zu
erwarten.

C versetzt A am 20.10.2014 in ihrem Zimmer in Hypnose, die in komaartigen Schlaf übergeht. C bringt D an und verlässt den Raum, um Schwingungen nicht zu beeinträchtigen.

Keine Aussage von A zu Versuchsverlauf möglich. Am 21.10.2014 wird A tot am Fuße der Treppe aufgefunden. C birgt Elektroden und D unversehrt aus As Raum.

„Es liegt auf der Hand – und geht aus anderen Einträgen auf dem Stick hervor – dass sich hinter 'C' Ihr Doktorand Goss verbirgt, Professor. Und Sie wollen nichts davon bemerkt haben?"

„Nun, ich wusste natürlich, dass er dazu forscht, aber eine derartige Dimension… "

„Angenommen, das Beschriebene funktioniert wirklich, wäre das nicht eine Goldgrube?"

„Sicherlich. Aber unser Forschungsinteresse ist rein…"

„Irgendeine Erklärung für den Tod der Studentin? Der „Probandin"? Suizid? Schlafwandel? Hypnotisiert?"

„Unmöglich. Kein Mensch kann unter Hypnose dazu gebracht werden, sich etwas anzutun."

„Und mit dieser Traumbeeinflussung?"

„Das kann ich mir beim besten Willen nicht vorstellen."

„Wo ist Herr Goss jetzt?"

„Ich habe ihn heute noch nicht zu Gesicht bekommen."

„Sein Auto wurde in der Nähe der Universität sichergestellt. Haftbefehl wurde erlassen. Sie halten sich bitte zu unserer Verfügung."

Noch immer standen Befunde aus der Pathologie aus. Als aber gegen Abend die letzte passwortgeschützte Datei geöffnet worden war, fand Siebel einen wichtigen Hinweis:

Objekt F hegt starke sexuelle Fantasien über A. In vertrauter Runde dazu sehr offenherzig. Platonisches Verhältnis zwischen A und F, größtmögliche sexuelle Abneigung As gegenüber F suggerierend. Mit F erste erfolgreiche Versuche zu erotischen Träumen über A. F nun entschlossener. Häufig Körperkontakt zu A auf Feiern suchend. A weiter abweisend. F weiß nichts von parallelen Versuchen mit A. (F ist ein findiger, eitler Bursche, hat unter anderem einen Starkmagneten entwickelt, mit dem Fenstergriffe von außen gedreht werden können. Seinen Nebenbuhler – hiesiger Lebensgefährte von A, schlichte Kreatur – bezeichnet er häufig als Dorftrottel – Neidmotiv, keine Ausstrahlung, beeinflussbar.)

—

Max Adam brach zusammen. Ja, er war jenen Abend in die Wohnung zurückgegangen. Er hatte den Schlüssel vom Brett genommen und sich später Einlass verschafft.

Er hatte nur ihren Atem hören wollen.

Dann hatte er die Drähte an Annas Kopf und den Initiator gesehen. Und Bescheid gewusst. Das Fenster war offen gewesen.

Max hatte alles geschlossen.

Er hatte nun keine Träume mehr gebraucht.

Er hatte sie ausgezogen. Bewundert.

Und sie hatte alles mit sich geschehen lassen. Dann hatte er sie wieder bekleidet und die Wohnung verlassen.

Am Fuße des Treppenhauses angelangt, hatte er sie oben über die Brüstung hauchen hören: „Andriy? Wohin gehst du?"

„Was haben Sie entgegnet?"
„Ich sagte aus Spaß: 'Nach Hause. Willst du mit?'"

—

Das Schankhaus in der Altstadt läutete den Wochenendbetrieb ein.

Siebel liebte den abgeschotteten Raum, die niedrigen Decken, die Butzenscheiben und das behagliche Alter des Hauses, das aus allen Balken und Bänken strömte. Die Theke war schon mäßig gefüllt, einige Mittfünfziger aus dem Viertel auf den Stühlen im vorderen Bereich der Kneipe versammelt. Er hatte Sven Becker, seinen Assistenten in früheren Ermittlungen, gebeten, ihn nach Dienstschluss auf ein Glas zu begleiten, um sich die Bedrückungen, die der Tod der Studentin und dessen verworrene Erklärungen auf sein Gemüt gelegt hatten, von der Seele zu reden. Seine Frau wollte und durfte er damit im Moment nicht belasten.

Sie hatten einen Tisch im hinteren Teil des engen Raumes gewählt, weit weg von langen Ohren.

„Meine Güte, ich glaub' der Krimskrams hängt schon seit 1970 hier rum", kommentierte Becker die ausgebleichten Bierdeckel an Decke und Wand.

Siebel nickte geistesabwesend.

„Nun nimm dir das nicht so zu Herzen, Michael." Seit zwei Monaten durfte er seinen Chef beim Vornamen nennen. „Wenn da so'n Perverser nachts in Wohnungen eindringt und mit hypnotisierten Frauen rummacht, ist das schließlich nicht dein Problem."

„Wenn sie danach nicht ums Leben gekommen wäre, gäbe ich dir vielleicht sogar Recht. Dem ist aber nicht so."

Wieder erschien die Tote vor seinem geistigen Auge, bekleidet mit einem sternenbesäten Schlafanzug, und das Gesicht nur wenig entstellt von dem tödlichen Sturz, wenn nicht der unnatürlich abgewinkelte Kopf gewesen wäre.

Hastig nahm er einen kleinen Schluck aus seinem Glas.

„Nun erzähl noch mal genau, was da jetzt abgelaufen ist." Becker scharrte schon mit den Füßen, ersehnte seine nächste Zigarette draußen vor der Tür.

„Max Adam hat gestanden, dass er in Anna Guras Wohnung eingedrungen ist und mit ihr geschlafen hat. Sie hätte ihn nicht als ihn erkannt und sich nicht widersetzt. Im Gegenteil."

„Und den ganzen Traumapparat hat er dran gelassen?"

„Offensichtlich. Er wusste aus Experimenten mit Ralf Goss, in denen er sich selber als Proband zur Verfügung gestellt hatte, dass die Apparatur einen Menschen offensichtlich absolut geistesabwesend – eben tiefträumend – aber trotzdem reizempfindlich macht."

„Und dann ist sie dem Typ hinterher gesprungen, weil sie dachte, dass er ihr verstorbener Freund aus der Ukraine war, der sie mit nach Hause nehmen wollte?"

„Ja. Für sie muss es in der Hypnose – oder eben Traum – nur ein Schritt über einen Bürgersteig, eine Haustürschwelle oder das Aufschwingen auf ein Motorrad gewesen sein."

„Glaubst du das wirklich? Klingt für mich sehr fantastisch. Was ist, wenn dieser Perversling sie die Treppe runter geworfen hat, weil sie ihn doch als den erkannt hatte, der er war? Schließlich war an dem Leichnam keine einzige Elektrode mehr dran. Sie muss das ganze Zeug also vorher abgelegt haben, bevor sie den Raum verlassen hat. Das spricht auf jeden Fall mal für eine bewusste Handlung."

„Nein. Er sagt die Wahrheit."

„Woher willst du... ich meine ...das kann doch jeder ..."

Becker war ins Stocken geraten, weil in Siebels Blick jene absolute Überzeugung getreten war, die jegliches Gegenargument ausschloss. Hätte des Hauptkommissars Instinkt sich nicht schon in anderen Fällen als untrüglich erwiesen, hätte Becker stärker nachgebohrt. So pflichtete er seinem Vorgesetzten ohne Worte bei.

„Ich glaube, dass dieser Hypnosezustand auch teilweise bewusste Vorgänge zulässt. Auch können sich die Elektroden beim Aufstehen einfach gelöst haben."

Er seufzte. „Letztlich kann uns bei der Klärung der offenen Fragen nur einer helfen – Goss."

Saß Max Adam seit Wochenmitte in Untersuchungshaft, so hatte sich der Doktorand bisher erfolgreich versteckt gehalten, obwohl seine Wohnung in der Siegener Oberstadt, Wohnungen von Bekannten sowie sein Elternhaus in einem Wiesbadener Vorort rund um die Uhr observiert wurden und die Fahndung nach ihm bundesweit ausgeschrieben worden war.

Auch wenn er dies Sven Becker nicht sagte, war Siebel selbstredend klar, dass ohne die Aussagen von Ralf Goss Max Adams Darstellung der Vorfälle einen Richter nicht hinreichend überzeugen würde. Nur der Flüchtige konnte ihnen in Tiefe erklären, was seine Experimente wirklich bewirkten und welchen Einfluss sie auf Anna Guras Lebensende gehabt hatten – womit er sich selbst zutiefst belasten würde. Kein Wunder, dass er untergetaucht war.

Auch Nachfragen bei Professor Mandelsang hatten nur wenige stichhaltige Erklärungen zu den Auswirkungen der Traumhypnose hervorgebracht.

„Und wer hat eigentlich den USB-Stick rangeschleppt? Der große Unbekannte?"

„Keine Spur bisher. Vielleicht sollten wir einen Aufruf in der Zeitung starten, dass der Überbringer sich melden soll. Das würde uns gewiss weiter helfen."

„Ich muss mal vor die Tür. Bis gleich."

Siebel wischte einen daumenbreiten Streifen in den Beschlag auf seinem Glas und ließ seinen Blick durch den Raum gleiten. Ein glatzengekrönter Gast stand an einem Automaten, den er im Fünf-Minuten-Takt mit kleinen Geldscheinen fütterte, obwohl das Gerät in keinster Weise gewillt schien, ihm dafür auch nur die geringste Gunst zu erweisen, wie sehr er auch an den Tasten herum drückte. Gast und Gerät waren in eine nonverbale Kommunikation getreten – Kopfschütteln, Schulterzucken und schlenkernde Arme auf Seiten des Drückenden; Trudeln, Blinken und stoische Gefasstheit auf Seiten des Gedrückten.

Siebel wandte sich ab und bestellte die nächste Runde.

Chris Isaak übernahm in den Lautsprechern mit „Wicked Game".

Sein Telefon surrte.

„Mach nicht zu lange. Hab dich lieb."

Über den Autor: Martin Reinschmidt, geboren 1979 ist hauptberuflich Lehrer am Peter-Paul-Rubens-Gymnasium in Siegen. In den Ferien unterrichtet er zudem Deutsch als Fremdsprache an einer Privatschule in Galway, Irland. Obwohl der Autor schon früh Interesse an Literatur zeigte, entschied er sich nach Abschluss der mittleren Reife zunächst für eine Ausbildung zum LKW-Mechaniker. Nachdem er schließlich die allgemeine Hochschulreife nachholte, studierte er von 2003 bis 2009 Englisch und Geschichte auf Lehramt für Gymnasien an den Universitäten Siegen und Maynooth, Irland. Im Jahr seines Studienbeginns schrieb Reinschmidt auch seine erste Kurzgeschichte. Neben dieser verfasste er bis heute einen nicht publizierten Bildungsroman und eine Novelle in englischer Sprache. Aktuell arbeitet er an einem Thriller.

Katharina Knipp

Porträt eines Mordes

1

„Weißt du, was ich am liebsten machen würde?"

Ich sah sie erwartungsvoll an, sah in ihre großen, braunen Rehaugen.

„Ich würde am liebsten nach Deutschland kommen und studieren, etwas, das mit Kunst zu tun hat. Aaach und malen! Jeden Tag malen!" Ihr verträumter Blick schweifte in die Ferne. Ich überlegte einen Moment.

„Ja, mach das doch, Elena. Was hält dich davon ab? Ich bin mir sicher, dass gerade DU mit DEINEM Talent das Studium ohne Probleme schaffen würdest. Und du kommst mich noch in Hamburg besuchen, bevor es losgeht!"

Sie strahlte mich an. „Das klingt nach einem Plan. Einem guten Plan!"

Das fand ich auch. Träumen sollte man schließlich immer nachgehen. Oder nicht?

2

Ich sah sie schon von Weitem. Sie stand mit einem großen, roten Trolley vor dem Bahnhofsgebäude und schaute sich suchend um. Ein Pulk von Reisenden drängte sich an ihr vorbei, gestresst wirkende Menschen. Jeder verschwand in eine andere Richtung. Sie machte zwischen ihnen einen fast verlorenen Eindruck, wie sie wartend dastand und mit der Hand die blendende Sommersonne abschirmend, angestrengt Ausschau hielt. Jetzt hatte sie mich entdeckt und lief mir entgegen.

„Marie! Ich freu mich so!" Wir fielen uns lachend in die Arme.

Drei Monate hatten wir uns nicht gesehen. Seitdem mein Urlaub in Spanien zu Ende gegangen war. Wie in fast jedem Sommer hatte ich dort meine Großeltern und meine Tante, die Familie meiner Mutter, besucht. Sie, Elena, hatte ich rein zufällig kennengelernt, weil wir am Strand nebeneinandergelegen hatten und sie mich fragte, ob sie sich meine Sonnencreme ausleihen könne. Von dem Tag an waren wir ständig zusammen unterwegs gewesen. Sie brachte mit ihrem Einfallsreichtum, Witz und Charme Schwung in jede Unternehmung. Sie hatte ein mitreißendes Lachen, das selbst bei der schlechtesten Stimmungslage ansteckend wirkte. Mit ihr verband ich unerschütterlichen Optimismus und grundsätzliche Ehrlichkeit. Und ich schätze, sie fand in mir wiederum eine gute Zuhörerin, die ihr so lange gefehlt hatte. Es gab sie wohl, die Freundschaft auf den ersten Blick.

Elena war – wie ich selbst – halb Spanierin, halb Deutsche. Mit ihrem Vater hatte sie in Barcelona gelebt. Bis dato zumindest. Denn nun war sie tatsächlich frisch gebackene Studentin. An der Universität Siegen hatte sie sich für die Fächer Kunst und Spanisch auf Lehramt eingeschrieben und konnte damit ihre Liebe für Kunst und ihren Wunsch, mit Jugendlichen zu arbeiten, vereinen.

Auf mein Angebot, mich ein paar Wochen vor Vorlesungsbeginn in Hamburg besuchen zu kommen, war sie dankend eingegangen. Von hier aus konnte ich ihr bei der WG-Suche in Siegen helfen und ihr Tipps bezüglich des Studiums geben. Außerdem hatten wir noch etwas gemeinsame Zeit, ehe sie zu einem neuen Abschnitt aufbrechen würde.

Elenas Augen funkelten vor Freude, vor Abenteuerlust, vor Neugier. Der leichte Wind wehte ihre Haare um ihr schönes Gesicht, das die Sonne Spaniens durch einen zart gebräunten Teint veredelt hatte. Die Erinnerung an unbeschwerte Sommertage kam in mir auf und ich spürte, wie jede Last, die mich beschwert hatte, langsam von mir abfiel. Ich war über jede Abwechslung, die mir erlaubte mein derzeitiges Leben für eine Weile auszublenden oder gar zu vergessen, dankbar. In meiner kleinen Wohnung fiel mir regelrecht die Decke auf den Kopf. Tagein, tagaus derselbe Ablauf, derselbe Alltag. Ein Studium, das ich nicht abschließen will. Nie abschließen wollte. BWL – diesen Studiengang erachteten meine Eltern als sinnvoll, wenn ich später ihre Firma übernehmen würde. Es war schon alles von langer Hand geplant. Das Unternehmen, der hohe Lebensstandard, der gute Name mussten ja gesichert sein.

Meine Noten verschlechterten sich von Semester zu Semester, genauso wie meine Grundstimmung es tat. Vermutlich würde ich das Studium nicht einmal schaffen. Aber davon wollten meine Eltern nichts hören, so wie sie sich auch nicht für mein Befinden, meine Träume oder Meinung interessierten. Mir war bewusst, dass ich nicht die engagierte und talentierte Tochter abgab, die sie sich immer gewünscht hatten. Und aus diesem Grund war ich auch eine herbe Enttäuschung für sie.

Schon im ersten Semester hatte ich mich von den meisten Kommilitonen abgewandt, da ich all die hochmotivierten Studenten um mich herum nicht ertragen konnte. Und mittlerweile, im vierten Semester, hielt ich mich fast immer allein in meiner Wohnung auf und bekam selten Besuch. Daher war die jetzige Situation auch mehr als ungewohnt für mich. Elena würde mindestens zwei Wochen bei mir bleiben.

„Und, gut gelandet? Hat alles geklappt?", fragte ich auf Spanisch. Wir wechselten bei Gesprächen gelegentlich zwischen Deutsch und Spanisch hin und her.

„Bestens! Meine Mama wäre stolz auf mich, dass ich jetzt hier bin!" Es lag für eine Sekunde ein Ausdruck von Traurigkeit auf ihrem Gesicht, ehe er wieder von ihrem Lächeln vertrieben wurde. Elenas Mutter, die ihrer Tochter Deutsch beigebracht und viel von Deutschland gezeigt hatte, war vor Jahren bei einem Autounfall gestorben, was wahrscheinlich das dunkelste Kapitel in Elenas Leben darstellte. Ich nahm ihren Arm und hakte mich bei ihr ein. „Ich bin mir sicher, dass sie stolz wäre!"

Elena und ich machten uns auf den Weg zu mir in die Wohnung, damit sie ihr Gepäck abstellen konnte. Sie hatte alles, was sie zum Leben brauchte, aus Spanien mitgebracht, da sie direkt von mir aus nach Siegen fahren würde. Bis dahin mussten wir eine WG gefunden haben, die ihr ein Zimmer zur Zwischenmiete anbieten konnte. Schließlich hatte sie noch keine eigenen Möbel.

Wir setzten uns mit einer Kanne Kaffee in die Küche und plauderten den ganzen Nachmittag. Schließlich kamen wir auf das Thema Zeichnen zurück. „Ich hab wieder angefangen, mir Gemälde von da Vinci anzuschauen. Vor ein paar Tagen hab ich die „Dame mit dem Hermelin" mit Bleistift nachgezeichnet. Kennst du das Porträt?" Ich schüttelte den Kopf.

„Warte mal." Sie stand auf und verschwand kurz im Flur. Ich hörte, wie sie in ihrem Koffer wühlte. Sie kam zurück mit einer Mappe in der Hand, die ich an ihrem auffälligen, bunten Muster sofort wiedererkannte: ihre Zeichenmappe. Schon in Spanien hatte sie diese oft bei sich getragen und sie manchmal sogar mitten auf der Straße aufgeschlagen und angefangen, das um sie herum Geschehende zu skizzieren. Wie erwartet war das Bild, das sie mir jetzt reichte, tadellos. Ich kannte zwar ihre Vorlage nicht, aber es fiel schwer mir vorzustellen, dass da Vinci diese Frau noch besser hätte zeichnen können. Ich war beeindruckt, wie Elena mit einem einfachen Bleistift ein so realistisch wirkendes Gesicht auf das Papier zaubern konnte. Ich fand keine Proportionen, keine Schattierungen, keine Stellen, die Fehler offenbarten.

„Du bist eine kleine Elena da Vinci", scherzte ich, „ein Zeichen-Genie." Sie schmunzelte und schaute leicht verlegen auf ihre Hände herab.

„So gut ist es auch wieder nicht. Ich bin ja noch in der Übungsphase." Ich konnte sehen, dass ihr ein Geistesblitz gekommen war. Ihre Augen leuchteten, als sie mich anschaute.

„Setz dich mal gerade hin", wies sie mich an und zog ein leeres Blatt Papier aus ihrer gut gefüllten Mappe, um gleich darauf etwas in ihr Handy einzutippen und konzentriert auf den Bildschirm zu schauen. „Ich versuche dich zu malen. Und zwar in der Sitzhaltung von „Mona Lisa" und mit ihrer Kleidung. Aber du darfst dich kaum bewegen!"

Es dauerte eine lange Weile, doch es blieb trotzdem spannend, auf das Ergebnis zu warten. Und tatsächlich, als sie endlich fertig war, konnte ich mich auf dem Porträt wiedererkennen. Meine braunen Augen, meine vollen Lippen, die mittellangen, braunen Haare – alles war gut getroffen. Es war verblüffend. Auch die Kleidung und die Landschaft im Hintergrund kamen da Vincis Original sehr nahe.

„Ach, ich muss das noch ausbessern", meinte sie und ich fragte mich, was sie verbesserungswürdig fand, „ich brauche eine andere Bleistiftstärke." Sie verrieb mit ihrem Finger einige der Bleistiftlinien auf dem Blatt. Das tat sie oft.

„Und die Stärke vom Stift macht so einen Unterschied?"

„Jaja, warte ab. Lass mich eine Kopie hiervon machen und wenn ich mit der Verbesserung auf dem Original fertig bin, vergleichen wir vorher und nachher."

„Ok, warum nicht", sagte ich, „aber jetzt wird erstmal gekocht. Dieses lange Stillsitzen macht irgendwie echt hungrig."

3

Tim Kellermann saß an seinem Schreibtisch und starrte, den Kopf auf die Hände gestützt, ins Leere. Er ging die Fakten und alle Geschehnisse der letzten Tage wieder und wieder durch, versuchte zu begreifen... versuchte, Ungereimtheiten oder Auffälligkeiten zu finden.

Diese Entführung war die erste, die er in seiner fünfjährigen Laufbahn als Kommissar erlebte.

Marie Sophie Gerlach war Freitag vor einer Woche verschwunden. Die 21-jährige Studentin aus Hamburg hatte ihren Eltern erzählt, sie wolle eine Freundin in Bremen besuchen und das Wochenende über bei ihr bleiben. Da ihre Zahnbürste, ihr Laptop und ein paar andere Dinge in ihrer Wohnung fehlten, war sie wohl auch dorthin aufgebrochen. Die Eltern hörten nichts von Marie, was sie allerdings nicht beunruhigte. Ihre Tochter lebe sehr selbstständig und sie hätten meistens ohnehin nicht jeden Tag Kontakt, stand in der Aussage. Doch dann war das Ungeheuerliche passiert: montags war mit der Post ein Päckchen bei Familie Gerlach angekommen und in diesem hatte sich ein abgetrennter Zeigefinger mitsamt einer Lösegeldforderung von 300.000 Euro befunden. Die Drohung lautete, Marie würde nicht nur ihren Finger, sondern auch ihr Leben verlieren, wenn die Polizei alarmiert würde.

Das hatte Wirkung gezeigt. Die Eltern waren darauf eingegangen und hatten das Geld zu dem beschriebenen Ort gebracht. Die Polizei hatten sie nicht benachrichtigt. Erst, als sie am Mittwoch immer noch kein Lebenszeichen ihrer Tochter hatten, waren sie zur Polizei gegangen. Frau Gerlach war leichenblass gewesen, als sie Herrn Kellermann die Kiste mit dem Finger übergeben hatte.

Merkwürdigerweise waren die 300.000 Euro nie abgeholt worden.

Natürlich war der Finger in der Pathologie untersucht und mit DNA aus Maries Zimmer abgeglichen worden. Es handelte sich zweifelsfrei um Marie Sophie Gerlachs rechten Zeigefinger. Es jagte Kellermann erneut einen Schauer über den Rücken. Er hatte schlimme Befürchtungen. Wenn sie es mit einem oder mehreren Entführern zu tun hatten, die einer wehrlosen jungen Frau den Finger gnadenlos abtrennten, würden sie vielleicht auch vor einem Mord nicht zurückschrecken.

146

Herr Kellermann war unruhig. Seit der Lösegeld-forderung hatten die Gerlachs keine Nachricht mehr erhalten. Wo steckte Marie jetzt gerade? Lebte sie überhaupt noch?

Ein lautes Seufzen erfüllte den Raum. Der Kommissar versuchte, wieder und wieder alle Ermittlungsschritte im Kopf durchzugehen. Er dachte sich noch einmal in die Wohnung der Entführten zurück. Es hatte sich mit den hochwertigen Möbeln nicht unbedingt um eine gewöhnliche Studentenbude gehandelt. Sie war erstklassig eingerichtet gewesen, mit extravagantem Mobiliar, großem Flachbildfernseher und allen Küchengeräten, die man sich nur wünschen konnte. Ansonsten aber war ihm nichts aufgefallen. Die Zimmer waren in einem sauberen Zustand und aufgeräumt hinterlassen worden. Nichts hatte auf ein hektisches Verlassen oder gewaltsames Verschleppen hingedeutet. Es hatten nur einige Pullis auf dem Sofa gelegen, auf dem Schreibtisch waren ein paar Blätter zerstreut und Mappen gestapelt gewesen, die offenbar in ein paar Tagen wieder gebraucht worden wären. Nichts Ungewöhnliches.

Kellermann dachte an die Resultate der Untersuchung des Fingers. Hier hatte es sehr wohl eine Auffälligkeit gegeben: am Finger war Graphit festgestellt worden, besonders an der Fingerkuppe und unter dem Nagel.

Er fuhr sich durch die Haare. Was hatte es mit all dem auf sich?

4

Siegen gefiel mir so gut, wie ich es gehofft hatte. Für mich, die in einer Millionen-Einwohner-Großstadt aufgewachsen war und dort ein Leben lang gewohnt hatte, war es zwar recht klein, doch genau danach hatte ich mich immer gesehnt. Es war so gemütlich, so heimisch, diese Ruhe in den vielen kleinen Straßen, die ich oft auf- und ablief und erkundete. Vor allem die Oberstadt und Altstadt hatten etwas, das mich anzog. Hier verbrachte ich gerne meine Zeit, setzte mich in den Park am Oberen Schloss oder vor die Nikolaikirche und übte mich im Zeichnen. Auch saß ich oft im Bistro am Adolf-Reichwein-Campus, mitunter auch mit meinen Kommilitonen. Mit dreien von ihnen traf ich mich häufig und es entstand allmählich eine richtige Freundschaft zwischen uns.

Auch mit der WG hatte ich offenbar Glück gehabt. Zu Philipp und Mareike, meinen beiden Mitbewohnern, hatte ich gleich ein gutes Verhältnis. Sie halfen mir bei allen Fragen weiter, egal, um welches Thema es sich handelte. Ganz besonders Philipp. Schon von Anfang an hatte ich den Eindruck, dass er mir mehr Zeit widmete, als einer gewöhnlichen Mitbewohnerin. Er setzte sich gerne zu mir ins Zimmer, saß dann, an die Wand gelehnt, auf meinem Bett und lauschte meinen Geschichten aus Spanien. Er war fasziniert von meinen Zeichnungen und Bildern. Nach und nach zeigte ich ihm alles, was ich in meiner Mappe hatte. Ich fühlte mich geschmeichelt, wenn er mich überschwänglich und bewundernd lobte. Er betonte jedes Mal, dass ich großes Talent hätte. „Elena, verdammt! Die Bilder sind PERFEKT! Wie kreativ du bist, ehrlich…"

Ich fühlte mich einfach wohl. Ich fühlte mich willkommen und zu Hause. Und dieses positive innere Gefühl beflügelte mich und brachte das Beste in mir zum Vorschein. Es war die Bestätigung dafür, dass ich alles richtiggemacht hatte. Ich, Elena, begann ein ganz neues Leben in Siegen! Ich hatte es geschafft! Endlich war ich angekommen!

5

Die ersten beiden Monate vergingen wie im Flug. Ich führte ein ganz normales Studentenleben und hatte meine größte Freude daran. Ich lernte überall neue Menschen und Gesichter kennen, die mir dann am Campus oder in der Stadt immer wieder begegneten. Mir gefiel diese schnell vertraute, fast schon familiäre Atmosphäre fernab von Anonymität und Menschenmassen. Meinen Stundenplan voll Seminare und Vorlesungen gepackt, hielt ich mich oft am Adolf-Reichwein-Campus auf. Ich probierte mit Mareike sämtliche Menüs der Mensa aus und wenn ich keinen Hunger hatte, saß ich mit meiner Zeichenmappe auf den Stufen zum D-Gebäude und skizzierte die Studierenden, die vorbeiliefen und in meiner Nähe auf den Treppen Platz nahmen. Einige Male opferte ich meine

8:00 Uhr-Vorlesung am Donnerstag langen Party-
nächten. Selbst, wenn nichts Besonderes passierte,
genoss ich jeden Tag – zumindest bis zu dem Einen.

Ich saß im Bistro, schlürfte meinen Cappuccino
und wartete auf Philipp, der angekündigt hatte, dass
er große Neuigkeiten für mich hätte. Ich war leicht
beunruhigt. Er grinste schon breit, als er mich von
weitem entdeckte. „Elenaaa, ich hab DIE Überraschung für dich. Ich hab da von so 'ner Ausstellung
in Köln gehört, bei der Studenten aus ganz Deutschland ihre künstlerischen Arbeiten einreichen können
und die Besten werden am Ende in der Ausstellung
gezeigt. Naja, da hab ich halt direkt an dich gedacht.
Aber du wärst viel zu bescheiden, um dich mit deinen
Bildern zu bewerben, stimmt's, und da wollte ich halt
ein bisschen nachhelfen. Ich hab mir drei Bilder aus
deiner Mappe genommen und die da heute mal kurz
vorgelegt. Weißt du was? Die waren total begeistert!
Die…"

„Du hast WAS gemacht? Du hast MEINE Bilder
irgendwelchen Kunstfuzzis vorgelegt?" Schlagartig
machte sich Unbehagen in mir breit. Ich sprang auf.
Sein Gesicht entgleiste.

„Du bist das Allerletzte. Halt dich aus meinen An-
gelegenheiten raus!" Ich funkelte ihn an, drehte mich
um und ging.

6

„Hier Tim, da ist der Artikel!"

Anja Pohl legte ihrem Kollegen die Tageszeitung auf den Tisch. Kommissar Kellermann war sich nicht sicher, ob er lesen wollte, was da stand.

„Entführte Studentin tot – Leichenfund im Wald"

Er runzelte die Stirn. Marie Gerlachs Leiche war zwei Tage zuvor von einem Spaziergänger mit Hund in einem Waldgebiet nahe Hamburg entdeckt worden. Sie war in der Erde vergraben worden und der Zersetzungsprozess war zum Zeitpunkt des Fundes schon weit fortgeschritten. Der an der rechten Hand fehlende Finger ließ aber keine Zweifel zu. Es war Marie Gerlach. Die Eltern waren am Boden zerstört. Auch Herr Kellermann konnte nicht leugnen, dass ihn das schlimme Schicksal der jungen Frau sehr erschütterte. Er spürte eine unbändige Wut im Bauch und die pochende Frage, wie ein Mensch so kaltblütig sein konnte. Er überflog den Artikel und warf dann seiner Kollegin einen kurzen Blick zu. Sie erwiderte diesen und er konnte die Frage, die er sich soeben gestellt hatte, auch von ihren Augen ablesen.

Kellermann blätterte schnell einige Seiten weiter. Er wollte nicht länger diese Schlagzeile lesen müssen, schwarz auf weiß. Anja Pohl war im Begriff, die Zeitung gerade wieder vom Schreibtisch zu ziehen, als eine der Abbildungen Kellermanns Aufmerksamkeit weckte.

„Moment, Anja!" Er schaute sich das Bild genauer an. Es zeigte zwei verschiedene Porträtzeichnungen. Kellermann wusste nicht recht, was ihn störte. Er konnte es nicht zuordnen, aber er hatte das unbestimmte Gefühl, dass er das linke der beiden Porträts schon einmal irgendwo gesehen hatte. Er verschaffte sich kurz einen Überblick. In diesem Artikel ging es um eine Ausstellung in Köln, bei der Studenten aus Deutschland ihre neuesten künstlerischen Bilder hatten einreichen können. Die beiden abgebildeten Porträts waren zwei der ausgewählten Arbeiten. Kellermann starrte auf das Linke, auf die Frau, die gezeichnet war wie da Vincis Mona Lisa, aber ein anderes Gesicht hatte: Katzenaugen, eine zierliche Nase, volle Lippen.

Und dann fiel es ihm wie Schuppen von den Augen. Der Schreibtisch! Marie Gerlachs Schreibtisch, da hatte er genau dieses Porträt gesehen! Zwischen einigen anderen Blättern war ihm das direkt ins Auge gestochen. Und schon da hatte er überlegt, ob es sich um ein Selbstporträt der Marie Gerlach handelte – das Bild hatte nämlich doch große Ähnlichkeit mit ihr, wenn er die Vermisstenfotos daneben betrachtete. Wer konnte es gemalt haben? Sie selbst? Der Kommissar konnte sich an keine weiteren von Hand gezeichneten Bilder in ihrem Zimmer erinnern. Doch plötzlich überkam es ihn erneut. Graphit – Bleistift! Das Graphit an dem Zeigefinger, vielleicht rührte das vom Zeichnen, vom Verwischen des Bleistifts her?

Aber wie war es möglich, dass das Bild einer Toten bei einer aktuellen Ausstellung in Köln auftauchte?

„Anja, ich muss da anrufen. In Köln! Irgendwie ist das komisch. Ich muss wissen, wer dieses Porträt da in der Zeitung gemalt hat."

7

Philipp klopfte an meine Tür und öffnete sie schon, bevor ich „herein" sagen konnte. In seinem Blick lagen Schock und Besorgnis gleichermaßen.

„Elena, die Polizei hat gerade geklingelt, die wollen dich sprechen. Was ist denn los?"

Wie versteinert saß ich auf meinem Bett. Auf einen Schlag wurde alles ruhig. Stille. In mir und um mich herum.

Und ich wusste, dass alles vorbei war.

8

Die zweite Stunde brach an. Ich saß noch immer im Verhör. Ein trostlos grauer Raum. Mir gegenüber zwei Beamte. Es ging um mein Gesicht.

Der eine Bulle glotzte mich an. Er versuchte, streng und unerschütterlich dreinzublicken. Es war lächerlich, wie erhaben er sich dank seiner Uniform und seiner Gesetze fühlte. Ich war unbeeindruckt.

Sein unruhig auf den Tisch tippender Zeigefinger verriet seine vorherrschende innerliche Ungeduld.

„Frau Gerlach, ich sage es Ihnen jetzt nochmal: Würden Sie uns bitte schildern, was seit dem Tag ihrer vermeintlichen Entführung passiert ist?"

Ich schwieg. Ich fühlte mich nicht angesprochen.

„Frau Gerlach?!"

„Frau Gerlach, Frau Gerlach, wer soll das sein, verdammt?", zischte ich, „warum sprechen Sie mich mit ‚Frau Gerlach' an?"

Für eine Millisekunde breitete sich Verwirrtheit auf seinem Gesicht aus. Dann hatte er seine Unerschütterlichkeit zurückerlangt.

„Ich bitte Sie, Sie sind zweifelsfrei die entführt und ermordet geglaubte Tochter des Unternehmerpaares! Denken Sie nicht, dass Sie uns was vormachen können. Sie sehen genau aus wie die Vermisste auf den Fotos. Zwar mit anderer Frisur, aber Sie sind das doch eindeutig. Außerdem haben wir eines ihrer Porträts in der Hamburger Wohnung gefunden! Also, erzählen Sie uns, wie Sie hier nach Siegen kommen? Was genau ist passiert? Was wissen Sie über die Leiche der jungen Frau, die vor kurzem gefunden wurde?"

Sie waren unwissend. Sie stellten absurde Fragen. Sie lagen falsch. Und doch fühlten sie sich in ihrem eingeschränkten Denken so sicher. Ich schaute hinab auf meine Hände. Ich würde denen nicht verraten, wie ich zu Elena geworden war. Wie Marie ausgelöscht worden war. Sie würden es nicht verstehen.

Dieses unbeschreibliche Gefühl, seinen Traum erfüllt zu haben. Das Leben zu führen, das für einen bestimmt war.

Ich hatte schon im ersten Augenblick glasklar erkannt, dass ICH, Marie, die richtige Elena war. Schon beim allerersten Gespräch, vor ein paar Monaten, als wir am Strand lagen, wusste ich es. Als sie aus ihrem Leben erzählte, ihrem von Glück und Erfolg geprägten, freien Leben! Da schon hatte ich dieses vertraute Gefühl, dieses Wissen, dass es sich hier um mich handelte, dass es meine Persönlichkeit, mein Ich war.

Und das hatte ich mir genommen. Es war richtig so! Jeder bekam, was ihm zustand. Ich hatte nur dafür sorgen müssen, dass mein Umfeld dies zuließ. Ich musste alles beseitigen, was mir meinen Weg zur Freiheit verbaute. Was mir mein Glück nicht gönnte.

Ich musste für mich kämpfen.

Also hatte ich den perfekten Plan entworfen. Ich lud Elena, das Mädchen aus Spanien, zu mir nach Hamburg ein und ließ sie in meiner gut geputzten Wohnung leben, während ich mich bei meinen Eltern einquartierte mit der Ausrede, ich müsse das Haus hüten, da sie zu dem Zeitpunkt im Urlaub waren. Über die Wochen verteilte sie in meiner Wohnung ihre Haare, Hautschuppen, Fingerabdrücke, ihre DNA, die man später für meine halten würde. Meinen Eltern hatte ich nichts vom Besuch einer Freundin erzählt.

Ich unternahm die Wochen über viel mit Elena zusammen, um sie und ihre, bzw. meine, Charakterzüge besser kennen zu lernen. An dem Tag, an dem wir ein Picknick geplant hatten, brachte ich sie um. Auf einer einsamen Waldlichtung saßen wir auf unserer Decke und aßen von dem Süßen, das ich mitgebracht hatte. Eigentlich war mir nicht nach Süßem – ich dachte nur an eins: den Stein, der im dichten Gras neben mir schon bereit lag. Noch halb unter der Decke versteckt, sollte er mir als Waffe dienen. Ich reichte Elena die gekühlte Flasche Wasser, die sie dankend annahm. Als sie die Flasche zum Trinken ansetzte, war der richtige Zeitpunkt gekommen. Sie konnte nicht mal schreien, als ich das erste Mal zuschlug. Als sie der Stein in meiner Hand das zweite Mal traf, kippte sie zur Seite weg. Ein letztes Mal schlug ich ihr den Stein mit voller Wucht auf den Kopf. Sie sollte tot sein.

Dann lag sie regungslos vor mir. Von der rechten Hand der Leiche trennte ich den Zeigefinger ab. Danach entledigte ich mich des falschen Körpers, der einmal Elena gewesen war. Ich vergrub ihn an einer Stelle, die undurchdringliches Dickicht verbarg. Das war der große Augenblick. Der Moment, in dem ich eins mit meinem wirklichen Ich wurde. In dem ich mich endlich, zum ersten Mal im Leben, wie ich selbst fühlte. Darauf hatte ich immer hingearbeitet. Jetzt musste ich nur noch etwas dafür tun, dass ich dieses Leben als Elena auch verwirklichen konnte, ganz real.

Die Lösung dafür war einfach. Ich täuschte meine eigene – Maries – Entführung vor und schickte meinen Eltern den Finger und die Forderung nach

Lösegeld. Die Polizei würde die DNA vom Finger mit der in meiner Wohnung abgleichen. Sie würde bestätigen, dass sie von ein und derselben Person stammte. Niemand würde ahnen, dass ein zweites Mädchen mit im Spiel war.

Durch den Finger und die Lösegeldforderung gelang es mir, die Polizei auf eine falsche Fährte zu locken und den Fokus auf Entführer zu legen, die es nicht gab. Wenn sie die Leiche finden sollten – und sie fanden sie –, wäre es die Leiche der Entführten, wäre es ihre DNA aus der Wohnung und der fehlende Finger. Der Fall, Entführung und Mord, wäre tragisch, aber aufgeklärt. Niemand würde nach der Leiche einer Elena suchen.

Per Skype hatte ich mir schon vorher unter Elenas Namen eine WG zur Zwischenmiete in Siegen gesucht. Da ich meinen Eltern erzählt hatte, dass ich nach Bremen zu einer Freundin fahren wolle, konnte ich mein allerwichtigstes Hab und Gut mitnehmen, ohne, dass es Verdacht erregt hätte. Dazu kam all das Gepäck, das Elena aus Spanien mitgebracht hatte. Ich hatte ihr eingeredet, dass es am besten sei, direkt von Hamburg nach Siegen zu fahren und nicht noch einmal zurück nach Hause zu fliegen. So konnte ich sicher sein, dass sie tatsächlich alle Ausweise und Dokumente, ihre Mappe mit all ihren gesammelten, künstlerischen Werken und vieles mehr mitbrachte, das sie als Person ausmachte und das es mir ermöglichte, ihre Identität zu übernehmen.

Aus Spanien wusste ich, dass der Kontakt zu ihrem Vater sehr sporadisch war. Sie hatten zwar gemeinsam in einem Haus gewohnt, doch er war geschäftlich viel auf Reisen und schien immerzu mit seinem Job beschäftigt zu sein. Das machte ihn mir so sympathisch. Sie schickten sich ein oder zweimal im Monat ein paar Nachrichten hin und her und da ich Elenas Passwort für Handy und Laptop kannte, war es kein Problem gewesen, diese Konversation weiterzuführen. Ich gewann ihn sogar sehr lieb, meinen neuen Vater.

Elena und ich waren uns äußerlich sehr ähnlich – etwa die gleiche Größe, braune Haare, braune Augen und ein ovales Gesicht. Das waren gute Voraussetzungen für mein neues Leben. Ich hatte mir die Haare geschnitten und dunkler gefärbt und kopierte ihre Art, sich zu schminken.

Es war ein leichtes gewesen, mich in Siegen, wo ich niemanden kannte, als Elena vorzustellen – mit neuer Frisur und in ihren Anziehsachen, die noch nach ihr rochen.

Ich hatte alles im Griff gehabt. Nur mit Philipp und seiner lästigen Zuneigung für mich hatte ich nicht gerechnet oder – besser gesagt – sie unterschätzt. Hätte sich dieser erbärmliche Versager nur nicht in MEIN Leben eingemischt und die Zeichnungen für diese verdammte Ausstellung in Köln eingereicht!

Doch warum ärgerte ich mich eigentlich darüber? Was konnte mir dieses Verhör, die Polizei, das Gesetz schon anhaben? Selbst wenn sie mich festnehmen würden, es änderte ja nichts an der wundervollen Tatsache, dass ich nun Elena war. Leibhaftig. Ich hatte es geschafft, zu mir zu finden und das konnte mir keiner mehr nehmen. Egal, wie diese Situation nun ausgehen würde. Selbst hinter Gittern würde ich mich freier fühlen als in den letzten 21 Jahren.

„Glauben Sie nicht, dass Sie mit Ihrem Schweigen davonkommen!" Die Stimme des Beamten bebte leicht. „Das zögert alles nur heraus, wird Ihnen aber nichts ersparen, Frau Gerlach!"

Ich schaute dem Polizisten in die Augen und lächelte zufrieden. Lächelte, wie es Elena so oft getan hatte.

Träumen sollte man immer nachgehen. Oder nicht?

Über die Autorin: Katharina Knipp wurde 1994 in Waldbröl, NRW, geboren und ist in Morsbach aufgewachsen. Immer schon begeistert vom Lesen, fing sie bereits während der Grundschulzeit an, eigene Geschichten zu schreiben. Nach dem Abitur, 2014, begann sie in demselben Jahr an der Universität Siegen mit dem Studium der Sozialen Arbeit. Zurzeit schreibt sie ihre Bachelorarbeit.

159

Maike Bieler

Markierungen

„Ich hätte eigentlich schon längst anfangen müssen",
dachte Britta, während sie hektisch ihre Utensilien für
den Bibliotheksbesuch zusammensuchte und zu den
Büchern in einen schwarzen Stoffbeutel packte. Um
die Uhrzeit war es utopisch, noch einen freien Korb
zu ergattern. Wenigstens in dieser Hinsicht wollte sie
vorbereitet sein, wenn sich schon das Last-Minute-
Engagement für Hausarbeiten und Co nach vier
Jahren Studium nicht verbessert hatte. Halb gehend,
halb laufend eilte sie die Kölner Straße hinunter, um
die UX6 zu erwischen. Wenn man ohnehin schon ge-
nervt und unter Zeitdruck war, sollte man die R10 in
jedem Fall vermeiden. Da fuhren hauptsächlich Leute
mit, die ohne Frage als Potpourri potenzieller sozio-
logischer Forschungsgegenstände betrachtet werden
könnten.

Im Bus ließ sie sich erleichtert auf einen freien
Sitz fallen. Mit einigen Verrenkungen fischte sie, den
Beutel mit den Büchern auf dem Schoß balancierend,
ihr Smartphone aus der Gesäßtasche ihrer Jeans. Sie
wollte die Fahrtzeit nutzen, um aus dem Bibliotheks-
katalog Screenshots von den relevanten Signaturen
und Standorten zu machen. Ihre Hausarbeit sollte
sich mit den Anfängen der Kirche beschäftigen, ein
Themenbereich, der sie in ihrem Theologiestudium

163

bedauerlicherweise am wenigsten interessierte. Neben diversen Handwörterbüchern – immer ein guter Ansatzpunkt wenn man keine Ahnung hatte – suchte sie sich einige Werke zur Kirchengeschichte heraus. Natürlich war vieles schon ausgeliehen. Selbst schuld, wenn man wieder mal so spät mit der Arbeit beginnt.

Während sie von der Bushaltestelle zum Eingang der Bibliothek lief, wischte sie sich durch ihre Screenshots und überlegte sich eine möglichst effektive Vorgehensweise. Am sinnvollsten war es wahrscheinlich, im Freihandmagazin zu beginnen und zum Schluss die schweren Handwörterbücher einzusammeln. Vielleicht bekam sie einen Tisch in Sichtweite der letzten Anlaufstelle und konnte dort bereits die anderen Bücher und ihr Notebook ablegen.

Als sie die dunkle Eisentür zum Freihandmagazin öffnete, strömte ihr der Geruch von altem Papier entgegen. Wie bei jedem ihrer Besuche dort waren auch dieses Mal keine weiteren Personen anwesend. Sie wusste nicht, ob es an der geringen Relevanz der Bücher oder vielleicht an der versteckten Lage im Keller lag, dass das Freihandmagazin so wenig frequentiert wurde. „S2724, wo bist du?", murmelte Britta, während sie versuchte, sich zu orientieren. Schließlich landete sie bei den elektrischen Rollregalen, die sich leise knirschend in Bewegung setzten, als sie den Knopf herunterdrückte. Obwohl sie rational wusste, dass Sicherheitsauflagen in Deutschland keine Todesfallen in Universitäten zulassen würden, beschlich sie dennoch stets ein mulmiges Gefühl, wenn sie sich in die Gänge schob. Die Signaturen studierend, ging sie zwischen den Regalen hindurch, bis sie am Ende des Ganges an den richtigen Büchern angelangt war und sie herauszog. Dabei kam ein Buch zum Vorschein, das offenbar hinter die anderen gerutscht war und ihr erst jetzt ins Auge fiel. Weil auch sie schon oft vergeblich nach falsch zurückgestellten Büchern gesucht hatte, kniete Britta sich vor das Regal und zog das Exemplar umständlich heraus. Das Buch mit dem Titel „Religionsphilosophie" wirkte sehr alt und der braunmelierte Einband war abgegriffen. Die Signatur war so verblasst, dass sie kaum zu entziffern war. Neugierig schlug Britta das Buch auf. Die vergilbten Seiten knisterten beim Umblättern leise. Als sie es gerade wieder schließen wollte, fielen ihr auf einer Seite plötzlich seltsame Bleistiftmarkierungen auf. In einem Kapitel über Religion und Moral waren zarte Kreise um einzelne Buchstaben gezeichnet. Unwillkürlich beugte sie sich näher über die Seiten. Was hatte das zu bedeuten? Handelte es sich hierbei etwa um eine codierte Nachricht?

Unwillkürlich kam ihr ein Buch von Baldacci in den Sinn. Dort entlarvte der „Camel-Club" einen Spionagering, der kryptografisch verschlüsselte Informationen über Bücher in der Kongressbibliothek weitergegeben hatte. Zu diesem Zweck wurden bestimmte Buchstaben mit einem Leuchtstoff markiert, den man nur durch eine spezielle Brille sehen konnte. Handelte es sich hierbei etwa auch um so eine codierte Nachricht? Was war deren Inhalt? Sicher etwas Harmloses, eine kreative Einladung für eine Mottoparty, vielleicht ein Krimidinner. Bei so etwas wurden die Leute immer einfallsreicher und abgedrehter.

Aufgeregt fingerte Britta ihren Collegeblock und einen Stift aus der Tasche. Dabei rutschten ihr die beiden Bücher über Kirchengeschichte von den Knien. Im Schneidersitz auf dem Boden kauernd, mit dem Block auf dem einen Knie und dem Buch auf dem anderen, blätterte sie Seite um Seite zurück, bis keine Buchstaben mehr umkreist waren. Ab der ersten Markierung notierte sie nun alle Buchstaben, wobei an einigen weiteren Stellen leichte Abdrücke auf dem Papier zu erkennen waren, die auf frühere Markierungen hinzuweisen schienen. Als sie mit den Markierungen durch war, stand auf dem karierten Papier MARIARAMIREZSWS. Maria Ramirez war ein Name, klar, und SWS wahrscheinlich die Abkürzung für Semesterwochenstunden. Aber machte das hier Sinn? Unentschlossen wanderte ihr Blick zwischen ihren Notizen und dem Buch hin und her. Wenn der Adressat die Nachricht noch nicht erhalten hatte, würde es ihm sicher auffallen, wenn das Buch nicht versteckt, sondern ordentlich im Regal stehen würde. Oder hatten die Markierungen vielleicht gar nichts zu bedeuten und der merkwürdige Standort des Buches war nur einer Unachtsamkeit zuzuschreiben. Nach kurzem Zögern, entschloss sie sich, das Buch wieder dort zu verstauen, wo sie es gefunden hatte. Sie raffte ihre Sachen zusammen und setzte ihren Streifzug durch die Bibliothek fort.

166

Vollgepackt mit ihrer Ausbeute fand Britta einen freien Tisch neben einem Studenten, der gerade *The Walking Dead* über sein Notebook streamte. Über einer senfgelben Beanie trug er gigantische Kopfhörer, dank deren Lautstärke auch die Tischnachbarn keinen Zombieangriff verpassten. Seufzend machte sich Britta daran, ihren Literaturberg abzuarbeiten. Doch nach etwa zwei Stunden – ihr Nebenmann war inzwischen bei der dritten Folge – gab sie endgültig auf und machte sich auf den Heimweg. Motivation und Konzentration liefen gegen Null. Stattdessen kreisten ihre Gedanken die ganze Zeit um das sonderbare Buch und den darin kodierten Namen. Nach einer heißen Dusche und einer Tiefkühlpizza wollte sie in der heimischen WG erneut ihr Glück mit der Hausarbeit versuchen.

Als sie endlich frisch geduscht mit ihrer Pizza und einer Tasse grünem Tee am Schreibtisch saß, war es bereits 21:30 Uhr und ihre Motivation der heutigen Entdeckung nachzugehen war deutlich höher, als die Lust, sich mit Kirchengeschichte zu befassen. Heutzutage war es so viel einfacher, mehr über fremde Menschen herauszufinden, als über theologische Hausarbeitsthemen. Sie meldete sich bei Facebook an und tippte „Maria Ramirez" in die Suchleiste. Unter dem ersten Vorschlag stand „Kira Henning ist eine gemeinsame Freundin" und sie klickte darauf. Auf dem etwas unscharfen Profilbild lächelte ihr eine schlanke Brünette entgegen, die in einem schlichten blauen Sommerkleid auf einem Balkon stand. Ein Titelbild gab es nicht und auch sonst gab diese Maria auf ihrem Profil nicht wirklich viel von sich Preis. Der letzte Chronikeintrag, ein spanischer Geburtstagsgruß, war über 2 Jahre alt. Nachdenklich betrachtete Britta den Bildschirm, während sie an ihrem Tee nippte. Das war irgendwie weniger befriedigend als erhofft, also nahm sie ihr Handy und suchte nach Kiras Nummer. Nach dem zweiten Freizeichen meldete sich die Freundin:

„Ja?"

„Wer ist Maria Ramirez?"

„Was ist das denn bitte für eine Begrüßung?", erwiderte Kira gespielt entrüstet, „und warum willst du das überhaupt wissen?"

„Tut mir leid, ich habe einfach laut gedacht. Ich weiß, das klingt jetzt komisch, aber ich habe heute in der Bib ein Buch gefunden, in dem Buchstaben umkreist waren, die ihren Namen ergeben und seitdem lässt mich die Sache einfach nicht mehr los."

Sie hörte Kira am anderen Ende auflachen: „Ernsthaft jetzt?" – „Ja, ernsthaft!" Kira lachte immer noch: „Ja was glaubst du denn, was es bedeutet!? Sie ist ziemlich sicher Geheimagentin und kommuniziert über die Universitätsbibliothek. Siegen ist eben ein ganz heißes Pflaster."

„Jetzt verarsch mich doch nicht gleich", erwiderte Britta etwas gekränkt.

„Süße, du liest eindeutig zu viele Krimis. Keine Ahnung was das war, vielleicht eine versteckte Liebesbotschaft, eine Schnitzeljagd oder einfach nur ein blöder Scherz, aber ich denke diese Spionagesache können wir wirklich ausschließen." Wieder musste sie lachen.

„Aber du kennst sie?", hakte Britta nach.

„Was heißt kennen …?", Kira war mittlerweile wieder etwas ernster. „Sie saß mal in einer Vorlesung neben mir, aber wirklich viel gesprochen haben wir nicht. Sie konnte nicht gut Deutsch, ich glaub, sie kam aus Bolivien oder so."

„Das war's?! Man, so eine Facebookfreundschaft mit dir geht ja richtig in die Tiefe", stichelte Britta.

„Ach du weißt doch wie das läuft, so kommt man ja oft erst richtig in Kontakt und kann dann eine Freundschaft aufbauen. Die Chance hatten wir aber eben nicht, soweit ich weiß, ist sie wieder zurück nach Hause." Bei den letzten Worten sog Britta scharf die Luft ein, doch bevor sie etwas sagen konnte, fuhr Kira schnell fort: „Jetzt fang bloß nicht wieder mit der Geheimagentensache an." – „Es ist aber schon etwas merkwürdig, vielleicht ist sie…" „So ein Unsinn", fiel Kira ihr ins Wort, „sie war einfach ziemlich schüchtern und hatte hier kaum Anschluss. Die Sprachbarriere hat sicher ihr Übriges getan. Passiert denn sonst gar nichts Spannendes in deinem Leben?" Nachdem Britta ihr versichert hatte, dass ihr Leben furchtbar spannend und erfüllt sei, beendeten die beiden ihr Telefonat mit dem Versprechen, sich bald mal wieder auf einen Kaffee zu treffen und zu quatschen.

An konzentriertes Arbeiten war inzwischen gar nicht mehr zu denken. Britta klickte sich durch einige

YouTube-Videos und knabberte dabei etwas lustlos an den Resten ihrer mittlerweile kalten Pizza.

Nach einer unruhigen Nacht, die vor allem aus schlaflosem Hin- und Herwerfen bestand, quälte sich Britta mit Kopfschmerzen aus dem Bett. In der Küche traf sie auf ihren Mitbewohner Matthias, der gerade den Stempel der French Press runterdrückte. Gierig sog sie den Duft frischen Kaffees ein, der die ganze Küche erfüllte. Matthias lachte bei diesem Anblick: „Harte Nacht? Möchtest du vielleicht auch einen?" – „Oh ja, zweimal ja!", sagte sie und ließ sich auf einem der Holzstühle nieder.

Kaffeetrinkend erzählte Britta von ihrer gestrigen Entdeckung und den bisher erfolgten Nachforschungen. Im Gegensatz zu Kira, tat Matthias das Thema nicht direkt als Unsinn ab und fragte bei einigen Punkten interessiert nach. Er hatte sogar eine Idee zu einer ihrer ungelösten Fragen: „Also SW kenne ich auch als Studentenwohnheim, was ist mit diesem Ansatz?" Mit einer Google-Suche kamen sie schnell zu dem Ergebnis, dass es sich um das Studentenwohnheim in Siegen-Bürbach handeln könnte. „Hast du Lust mit mir dahin zu fahren und mal Nachforschungen anzustellen?", fragte sie, nun schlagartig hellwach. „Meine Regelungstechnik-Lerngruppe kommt leider gleich, aber du kannst mein Auto haben, wenn du magst." – „Ja, das wäre lieb, danke dir", sagte sie und drückte dabei seinen Arm.

Britta stellte den schwarzen Polo bei dem gegenüberliegenden Getränkemarkt ab, schnappte sich ihre Handtasche vom Beifahrersitz und ging auf die architektonische Entgleisung zu, die das heruntergekommene Wohnheim darstellte. Zögernd blieb sie auf ihrer Straßenseite vor dem Gebäude stehen und betrachtete die verdreckte Fassade. In dem durch die neue Spur plötzlich angeregten Tatendrang, hatte sie ihr Vorhaben nicht wirklich durchdacht. Wollte sie einfach so in das Gebäude und von Tür zu Tür gehen? Wo war überhaupt der Eingang? In diesem Moment bog ein junger Mann in grünem Parka um eine Ecke des Wohnheims. Er schlenderte zur Bushaltestelle. Mit dem Zeigefinger schob er sich die schwarzgerahmte Brille auf dem Nasenrücken hoch und blickte die Straße hinauf. Schnell überquerte Britta die Fahrbahn und lief auf ihn zu. „Hey, sorry, dass ich störe", sagte sie mit einem möglichst gewinnenden Lächeln, „aber wohnt die zufällig hier? Maria Ramirez!" Sie hielt ihm das Smartphone mit Marias Facebookfoto unter die Nase. Er beugte sich darüber, wobei seine Brille wieder runterrutschte und zuckte die Achseln: „Hm, weiß nicht, kann schon sein. Hier wohnen ziemlich viele Leute."

„Danke   trotzdem", sagte   sie   enttäuscht. „Kannst du mir vielleicht noch sagen, wo ich hier reinkomme?"

„Es gibt mehrere Eingänge, am besten versuchst du es mal da hinten", sagte er und zeigte in die Richtung aus der er gekommen war. Britta bedankte sich nochmals und ging los. Sie war noch nicht ganz beim Eingang angekommen, da hörte sie ein leises

„Entschuldigung?" Überrascht drehte sie sich in die Richtung, aus der sie die Stimme vernommen hatte. Eine zierliche Asiatin kam eilig auf sie zu, wobei sie die Füße wie eine Schlittschuhläuferin über den Boden schob. Britta hob fragend die Augenbrauen: „Ja?" Die junge Frau ging ihr nur bis zur Brust und musste beim Sprechen zu Britta aufsehen: „Du hast nach Maria gefragt? Ist es, weil sie weg ist?"

Zu Brittas Glück stellte sich heraus, dass Chen Lu und Maria Zimmernachbarn waren, bis Maria eines Tages von einem Universitätsbesuch nicht mehr wieder kam. Bedrückt erzählte Chen Britta, dass sie nicht glaube, Maria sei wieder nach Venezuela gegangen, da ihre Familie sehr viel investiert hatte, um ihr eine bessere Zukunft zu ermöglichen. Irgendetwas müsse da passiert sein. Chen Lu hatte sich vor zwei Tagen im Studierenden Service Center an das International Office gewandt. Ein freundlicher junger Mann dort hatte mit Kollegen aus Studierendensekretariat, Fachbereich und Bibliothek telefoniert und war dann zu dem Schluss gekommen, dass Maria abgereist sein musste. Sie war bei keinen Seminaren mehr angemeldet und hatte auch alle ausgeliehenen Bücher zurückgebracht. Ausländische Studierende reisten mitunter schon einmal wieder nach Hause zurück, ohne sich vorher von allen Bekannten zu verabschieden. Er ging davon aus, dass alles in Ordnung wäre. Aber Chen Lu wollte das nicht glauben.

„Ich denke, du hast recht – da stimmt etwas nicht", pflichtete Britta der kleinen Asiatin bei. Von dem Buch mit den mysteriösen Markierungen sagte sie aber nichts. Mit dem Versprechen, sich weiter mit Marias Verschwinden zu befassen, verabschiedete sie sich von Chen.

Schon einige Schritte bevor sie das Auto erreichte, sah sie etwas Helles unter den Scheibenwischern kleben. „Mist, ein Knöllchen", schoss es ihr durch den Kopf. Doch als sie näher kam, erkannte sie die ausgerissenen Kanten des Zettels. Also kein Knöllchen. Eher eine persönliche Notiz, vielleicht von einem Park-Selbstjustizler. Puh, noch mal Schwein gehabt, dachte sie erleichtert. Als sie aber den Zettel aufgefaltet hatte, ließ sie ihn, als hätte er ihr einen Stromschlag verpasst, mit einem leisen Aufschrei fallen. Jemand hatte hastig in Großbuchstaben darauf gekritzelt: „HALT DICH RAUS!"

Nervös sah sie sich um. Mit zitternden Fingern suchte sie in der Handtasche nach den Schlüsseln. Wer hatte diese Nachricht geschrieben? Wurde sie beobachtet? Endlich hatte sie den Schlüssel gefunden. Fest umschloss ihre Hand das glatte Plastik des Funkschlüssels und das Auto wurde mit einem mechanischen Geräusch entriegelt. Schnell schlüpfte sie ins Innere und verriegelte augenblicklich die Türen. Sie brauchte zwei Anläufe, aber dann hatte sie es geschafft, den Schlüssel ins Zündschloss zu stecken und umzudrehen. Mit heulendem Motor fuhr sie los. Zunächst war ihr Ziel einfach nur, von hier wegzukommen. Nach ein paar Minuten Fahrt, bei der sie jegliche Verkehrsregeln missachtet hatte, fasste sie den Entschluss, dass es an der Zeit wäre, zur Polizei zu fahren. Über die Freisprecheinrichtung rief sie Matthias an, erreichte jedoch nur die Mailbox. Sie hinterließ ihm eine Nachricht, in der sie die neuesten Entwicklungen und ihre weiteren Pläne schilderte. Sie würde das Auto erst etwas später zurückbringen können.

Auf der Samuel-Frank-Straße stand die Ampel vor dem Copyshop auf Rot. Während sie wartete, überlegte sie, was sie auf der Wache sagen wollte. Dabei fiel ihr auf, wie verrückt das alles klingen musste. Sie hatte ja noch nicht einmal den Zettel von der Windschutzscheibe dabei. Der lag irgendwo im Staub des Parkplatzes. Ohnehin kam sie sich plötzlich albern und paranoid vor. Vielleicht war die Notiz an ihrem Auto nur ein blöder Scherz gewesen. Konnte man überhaupt einfach in die Wache gehen und eine Frau als vermisst melden, von der man nur den Namen und ein Facebook-Foto kannte? Verunsichert ließ sie die Polizeiwache rechts liegen und fuhr weiter in Richtung Universität. Sie konnte ja von dort aus die Polizei anrufen. Vielleicht würden die sich auch ein eigenes Bild machen wollen und zur Uni hochkommen. Zumindest könnte sie denen dann im Freihandmagazin direkt das Buch mit den Markierungen zeigen.

An der Uni und wieder unter Studenten, gewann Britta langsam ihre Selbstsicherheit zurück. Auf dem Weg vom Parkplatz zur Bibliothek wählte sie den Notruf, auch wenn sie sich nicht sicher war, ob die 110 für

174

diesen Fall die richtige Nummer war. Sie wollte einfach nur kurz sagen, um was es ging. Sie konnte das nicht mehr alleine machen, das war klar. Die Polizei musste sich da einschalten.

Den Warnton, mit dem ihr Smartphone schon während des Wählens einen geringen Akkustand meldete, missachtete Britta. Es dauerte erstaunlich lange, bis sich jemand meldete. Eine Frauenstimme. Bei der ersten Nachfrage wurde Britta nervös. Standort? Ja, sie war an der Uni, Campus Adolf-Reichwein. Sie ging zum Freihandmagazin, im Keller der Bibliothek. Die Stimme der Beamtin am anderen Ende der Leitung klang freundlich, aber ganz richtig verstand Britta sie nicht. Die Verbindung war auch nicht gut. Konnte das am Akku liegen? Wieder der Warnton. Warum musste sie auch so viele Fragen beantworten? Ja, sie hatte ein Buch gefunden, mit Buchstaben, die umkringelt waren, ein altes Buch. Das war ein Name und die Frau, die offensichtlich gemeint war, die war verschwunden. Auch im Wohnheim war sie nicht. Dem musste man doch nachgehen. In Brittas Hand vibrierte es kurz. Die Frauenstimme war weg. „Sind Sie noch da?", Sie schaute auf das Display ihres Handys. Es war schwarz. Der Akku war endgültig leer. Verdammt.

An der Bib angekommen, wollte sie zunächst an der Theke Bescheid sagen, entschied sich dann aber dagegen. Sie dachte, dass sie vielleicht besser erst ins Freihandmagazin gehen sollte, um das Buch zu holen. Das würde ja nicht lange dauern und sie hatte dann wenigstens etwas in der Hand, wenn die Polizei kam.

Sie wollte sich doch nicht lächerlich machen. Mit schnellen Schritten ging sie Richtung Freihandmagazin. Ihr Körper war nun wieder voller Adrenalin und sie musste sich zwingen, nicht zu rennen. Immerhin half sie gerade vielleicht dabei, ein Verbrechen aufzuklären.

Im Freihandmagazin blockierten drei Rollregale den Gang mit dem markierten Buch. Der Motor surrte wie immer, aber es erschien ihr so, als bewegten sich die Regale viel langsamer als sonst. Eine Ewigkeit. Entgegen ihrer üblichen Gewohnheit, den Freiraum zwischen den Rollregalen möglichst groß werden zu lassen, schlüpfte sie bereits in den Gang, als dieser gerade einen halben Meter breit war. Hastig lief sie bis zum Ende, wo die beiden Exemplare der Kirchengeschichte standen. Der Abstand zwischen den beiden Regalen war so eng, dass sie sich kaum hinhocken konnte, um unten mit ihrer Hand in den Spalt hinter die Büchern zu gelangen. Blind tastete sie nach dem Buch, griff aber ins Leere. Wo war es? Sie fühlte einen Anflug von Panik. Hektisch fing sie an, die Bücher aus dem Regalfach zu reißen, doch das markierte Buch wollte einfach nicht auftauchen. Sie begann auch in den Regalen darüber und darunter zu suchen. Aber auch da keine Spur von dem Buch.

Eine Metalltür fiel leise ins Schloss. Britta horchte auf. War das die Polizei? Waren die so schnell gekommen? Ein abgebrochenes Handy-Gespräch konnte alle möglichen Assoziationen hervorgerufen haben.

„Hallo?", rief sie unsicher, „wer ist da?" In der Bewegung verharrend, noch ein Buch in der Hand, horchte sie auf eine Antwort. Stille. Das Einzige, was sie hören konnte, war das Rauschen in ihren Ohren. Behutsam stieg sie über die Bücher und ging zum Anfang des Ganges. „Hallo?", rief sie erneut und konnte dabei das Zittern in ihrer Stimme nicht unterdrücken. Sie streckte vorsichtig den Kopf zwischen den Regalen hervor und sah nach beiden Seiten, ohne jedoch jemanden wahrzunehmen. Nach dem Zettelfund fühlte sie sich heute zum zweiten Mal beobachtet. Langsam, bemüht keine weiteren Geräusche zu verursachen, schob sie sich aus dem Gang und schlich Richtung Tür. In der Stille nahm sie schmerzlich ihren keuchenden Atem wahr, der ihr unnatürlich laut vorkam. Mittlerweile trennten sie nur noch zwei Meter von der Ausgangstür. Durch ihre behutsamen Schritte kam sie nur langsam vorwärts. Jetzt oder nie! Sie ließ das Buch fallen, welches sie sich die ganze Zeit verkrampft vor die Brust gedrückt hatte und sprintete los.

Da schlang sich plötzlich von hinten ein kräftiger Arm um ihren Hals und sie wurde schroff zurückgerissen. Verzweifelt versuchte sie, sich aus dem Griff zu befreien und krallte dazu beide Hände in den Arm des Mannes, der nur noch fester zudrückte. Sie trat um sich, doch ihre Tritte trafen ins Leere. Statt Schreie kamen nur gurgelnde Laute aus ihrer Kehle. Sie brauchte Luft, musste endlich atmen. Schwindel und Übelkeit benebelten ihre Sinne. Schwarze Punkte, die immer dichter und dichter wurden, erschienen vor ihren Augen. Dann war plötzlich alles schwarz.

Langsam, ganz langsam kämpfte sich Britta aus dem zähen Nebel der Bewusstlosigkeit zurück. Ihr Gehirn war überfordert mit der Vielzahl an Reizen, die auf sie einströmten. Sie hatte einen nassen Klumpen Stoff in ihrem Mund. Ihre Hände und Füße waren gefesselt und sie lag bäuchlings auf dem kalten Boden. Nackter Beton. Irgendwann, nach langem Würgen und vielen hektischen Kopfbewegungen über dem rauen Betonboden, gelang es ihr endlich, den Knebel auszuspucken. Hustend ließ sie den Kopf wieder auf den Boden sinken und sog gierig Sauerstoff in ihre Lungen.

Nachdem sie etwas zu Atem gekommen war, hob sie die zusammengebundenen Füße zu ihren Händen, um die Fesseln zu betasten. Es handelte sich um Klebeband, vermutlich Panzerband. Vergeblich kratzte sie zunächst mit ihren Fingernägeln an dem Band, bis sich ein Krampf im Oberschenkel ankündigte und sie die Beine wieder ablegen musste. So hatte das keinen Sinn. Je mehr sie sich bewegte, desto mehr rollte sich das Klebeband ein, schnitt in ihre Haut und ließ ihre Hände und Füße taub werden.

Sie musste diese Fesseln loswerden! Nur wie? Vorsichtig, um das aufgeschürfte Gesicht nicht unnötig zu reizen, wand sie den Kopf, um sich umzusehen. Sie befand sich in einem kleinen Kellerraum, in den durch ein schmales vergittertes Fenster spärliches Licht fiel. Von zwei großen Kesseln und einem rechteckigen Metallkasten führten verschiedene Rohre, manche mit Drehventilen, an die Decke, wo sie gebündelt in einer Wand verschwanden. Die Wände waren nicht verputzt und bestanden aus großformatigen weißen Steinen. Es musste hier doch etwas geben, mit dem sie das um ihre Hände und Füße gewickelte Klebeband durchtrennen konnte. Doch da war nichts.

Wenn sie die Schulter anhob, konnte sie mit den gefesselten Händen die gegenüberliegende Hosentasche erreichen. In ihrer linken Jeanstasche berührten ihre Fingerspitzen den Haustürschlüssel, den sie umständlich zwischen Zeige- und Mittelfinger geklemmt, heraus beförderte. Wieder winkelte sie die Beine an und rieb mit dem Bart des Schlüssels über die Fußfesseln. Als auf einmal die Spannung über den Knöcheln nachließ, musste Britta unwillkürlich auflachen.

Ächzend wälzte sie sich auf die linke Seite, zog die Knie an, drückte sich mit den Händen in eine sitzende Position und rappelte sich auf. Das war schon einmal geschafft. Die Kanten der Metallverkleidung des Heizungskessels wirkten einigermaßen scharf. An einer der Ecken versuchte sie das Panzerband ihrer Handfesseln aufzureiben. Man konnte nur ihren keuchenden Atmen und das quietschende Reiben des Klebebandes über Metall hören.

Plötzlich nahm sie ein weiteres Geräusch wahr. Sie hielt inne. Lauschte. War das eine Tür? Dann hörte sie Schritte. Eine Person näherte sich. Abermals stieg Panik in ihr auf. Fieberhaft rieb sie weiter ihre Fesseln, wobei sie wiederholt abrutschte und sich die scharfe Metallkante immer wieder qualvoll in ihre Unterarme bohrte. Als sie hörte, wie sich der Schlüssel im Schloss umdrehte, entrang sich ihrer Kehle ein fast unmenschlicher Laut.

„Matthias?!", keuchte Britta verwirrt. Es war tatsächlich ihr Mitbewohner und Freund. Nie war sie erleichterter gewesen ihn zu sehen als jetzt. Die plötzlich abfallende Anspannung ließ ihr Tränen über die Wangen laufen. „Oh Gott, bin ich froh dich zu sehen!", schluchzte sie. „Bitte hilf mir hier raus!" Doch Matthias blieb in der Tür stehen und sah sie nur mit unendlich traurigem Blick an. Die braunen Locken standen wild in alle Richtungen und dunkle Schatten zeichneten sich unter seinen Augen ab. „Was ist? Hilf mir doch endlich die Fesseln loszuwerden! Ich will hier einfach nur weg!"

Sie verstand nicht, was mit Matthias los war. Langsam, wie in Zeitlupe, ging er einen Schritt in den Raum, schloss bedächtig die Tür hinter sich und ließ sich mit dem Rücken daran zu Boden gleiten. Entgeistert starrte ihn Britta an. „Ich habe dich doch gewarnt!", flüsterte er resigniert und senkte den Blick.

„Bitte was?"

Sie ging einen Schritt auf ihn zu, schreckte jedoch zurück, als er sagte: „Mit dem Zettel. Du solltest dich doch raushalten." – „Der Zettel an deinem Auto?", fragte Britta verständnislos. Matthias nickte. „Der war von DIR?", sie wich noch weiter zurück. Was hatte das zu bedeuten? „DU warst doch derjenige, der mich da hingeschickt hatte!", sagte sie aufgebracht.

„Du hättest es doch ohnehin rausgefunden. Und so wusste ich wenigstens, wann du da sein würdest."

Sie konnte nicht fassen, was er ihr gerade erzählte.

„Und jetzt hast du mich überfallen und hierher verschleppt?" Erschrocken blickte er auf und, als er sprach, schwang Empörung in seiner Stimme mit: „Nein, ich nicht. Das hätte ich nicht gekonnt. So etwas würde ich dir niemals antun!"

Britta lachte ungläubig auf.

„Nein? Und warum bin ich jetzt hier? Gefesselt, und du hast den Schlüssel, warum? Warum hast du die Tür wieder abgeschlossen. Warum zur Hölle können wir hier nicht einfach abhauen?"

Matthias seufzte und zuckte mit den Schultern: „Das geht nicht. Die machen jetzt ernst. Das war ja alles gar nicht so geplant, ich bin da irgendwie ..." er kaute auf seiner Unterlippe und wandte den Blick zur Decke, „... reingerutscht."

„Wer sind die?", wollte Britta wissen.

„Ich kenne nur zwei von denen. Den, der mich zuerst angesprochen hat, letztes Jahr, und den, der mir vor ein paar Monaten den Job in der Bib besorgt hat."

Dann erzählte Matthias mit gedämpfter Stimme, dass er einige Male für einen Fremden ein Buch ausgeliehen und dafür jeweils 100 Euro bekommen habe. Gar nicht so oft habe er das gemacht. Aber so alle zwei drei Monate 100 Euro extra. Das war doch leicht verdientes Geld und praktisch ohne Risiko. Zur Not hätte er eben die Wiederbeschaffung bezahlt.

Selbst dann wäre ja noch Geld übrig geblieben. Vor drei Monaten dann, habe er das Angebot bekommen in der Bib als studentische Hilfskraft anzufangen. Die Stelle sei nicht offiziell ausgeschrieben, hatte man ihm gesagt. Er solle einfach in der Bib nach Marco fragen und dem dann das Stichwort „Markierungen" sagen. Das fand er komisch. Aber ein SHK-Job, das wäre doch was, hatte er gedacht und so hatte er es gemacht.

Eigentlich war es ein ganz normaler Studenten-Job. Nur einmal im Monat kam jemand, der ihn nach der Signatur eines selten oder gar nicht ausgeliehenen Buches fragte. Marco hatte dann dieses Buch schon ein oder zwei Tage vorher an eine bestimmte Stelle in ein entlegenes Regal gestellt. So konnte es niemand finden. Matthias ging dann mit dem Ausleiher zu dem Regal. Auf dem Weg sagte dieser ein vereinbartes Codewort und nur dann gab Matthias ihm das Buch. Die Bücher wurden, einige Tage später, immer von einer anderen Person und immer direkt bei Mattias zurückgegeben. In ihnen steckte dann ein Umschlag mit 200 Euro.

„Und was hat das mit den Büchern auf sich?", wollte Britta wissen, „was steht da drin, das 200 Euro wert ist?"

„Das gehört nicht zu meinen Aufgaben", antwortete er ausweichend.

„Aber du weißt etwas?", hakte Britta nach.

„Naja", sagte er und fuhr dann langsam und mit seltsam belegter Stimme fort, „weißt du, auch Marco bekommt immer nur einen Auftrag von jemandem, den er nicht kennt. Er macht dann in den Büchern um die Buchstaben die Kringel, die, die du gefunden hast. Wenn ich die zurückgegebenen Bücher wieder ins Regal stelle, an ihren richtigen Standort, sind die Kringel ausradiert. Meist sieht man aber noch den Abdruck des Bleistiftes oder die Radierspuren. Ein paarmal habe ich mir die Buchstaben aufgeschrieben, heimlich, ohne dass Marco es mitbekommen hat."

„Und", fragte Britta angespannt. Sie hatte fast vergessen, dass ihre Hände immer noch gefesselt waren.

„Es sind Namen, es sind immer Namen und Orte. Die Orte an denen man die Personen findet."

Matthias Blick verdüsterte sich.

„Was passiert mit denen?", sie ließ nicht locker. Schweigend betrachtete Matthias seine Schuhspitzen. „Britta", sagte er schließlich bedächtig, „Du hast echt keine Ahnung, wie groß das Ganze ist und selbst ich weiß nicht, wie viele Leute wirklich mit drinhängen. Jeder hat nur seinen Bereich zu bearbeiten und weiß im Prinzip nichts über die anderen." – „Was – passiert – mit – denen?", wiederholte sie, jedes Wort betonend.

Leise, fast flüsternd sagte er: „Sie verschwinden!"

Über die Autorin: Maike Bieler wurde 1989 in Siegen geboren. Ihr Architekturstudium beendete sie erfolgreich im Jahr 2013 mit dem Bachelor of Science. Den anschließenden Masterstudiengang „Architektur: Projektentwicklung" an der Hochschule Bochum schloss Maike Bieler 2014 ab. Derzeit ist sie Promotionsstudentin am Department Architektur der Universität Siegen und arbeitet nebenbei in einem Kreuztaler Ingenieurbüro. Seit ihrer Kindheit, angefangen mit der Knickerbocker-Bande, gehörten Krimis und Thriller zu ihren Lieblingsgenres. Zu ihren heutigen Favoriten zählen vor allem John Katzenbach, Arne Dahl und Stephen King. Als sich die Gelegenheit bot, einen eigenen Krimi mit Lokalbezug zu schreiben, konnte sie der Versuchung nicht widerstehen und wagte den Wechsel von der Konsumentin zur Produzentin.

Lukas Müller

Passio Ducit Ad Mortem

"9?"

"9."

„9??"

"Ja zum Teufel verschissen nochmal 9!"

"Mehr nicht?"

"NEIN."

"Warum so wenig bei der Höhe?"

Der Blick des genervten Forensikers schweift von der männlichen Leiche (nicht, dass es wirklich einen Unterschied machen würde... tot ist tot) mittleren Alters hoch zur Spitze des purpurnen Turmes des Universitätsgebäudes, welches ihn dank Form und Farbe an einen längst vom Markt verbannten Schokoriegel erinnerte, und gleitet hinunter auf die aufgeweichte, erdige Wiese.

"Lila Pause glaub ich hieß der" säuselt er geistesabwesend "Was?!" "Lila Pause....Genau!.. Ja gut, Siegen halt, ne. Hier schifft es ja unentwegt. Da bleibt die Erde schön weich und moosig, was die Zahl der Knochenbrüche relativ gering gehalten hat. Gute zehn Stockwerke... das macht auch keine Katze mit." "Wieso denn jetzt Katze?" "Na weil die immer auf ihren Pfoten landen und so." "Ach... das kenn ich nur von Toast." "Toast? Toast hat keine Pfoten." "Ja, aber der fällt doch immer auf die Marmeladenseite!"

Beiden Staatsdienern wird der Irrsinn der Situation bewusst und nach einigen verständnislosen Blicken überfällt sie wieder der Ernst der Lage.

„Wie ist der Typ überhaupt da hoch gekommen?" "Keine Ahnung", säuselt er diskommunikativ, in froher Voraussicht auf seine, leider farblose, Pause, die besser früher als später beginnen möge, damit er diesem geschwätzigen Kommissar und den raffgierigen Blicken des vorbeischlendernden Studentenpacks entfliehen möge. Es war ein diesiger Morgen, der die Unannehmlichkeit der Situation perfekt untermalte. Öffentlicher Untersuchungsort mit reichlich Schaulustigen, perfektes Wetter und der schwere Leichenwagen würde bei ihrem Glück sicher auch im Morast versacken. Über dem Leichnam wurde ein hüfthohes Zelt errichtet, um das Absetzen der Tautropfen auf der Leiche zu verhindern. Gegen das Licht der hellen Halogenstrahler sah es aus, als würden sie umherströmen wie Algen im Meer. Verträumt kam die Einsicht, dass es Zeit für 'nen Pott Kaffee war, sonst würde das hier eher Kunstdiskurs anstelle einer Ermittlung werden.

Glück im Unglück: Eine der Angestellten des nahegelegenen Bistros konnte die Leiche ungerührt, ungefragt und nonchalant rauchend als einen der Hausmeister identifizieren. Vermuteter Suizid von Hausmeister „Hausi Hubert" mit gewagtem Sprung vom lila Pause Turm samt unüberraschendem Ende.

Kommissar Oster war weder genial, noch sonderlich emsig, doch er hatte ein gutes Gespür für

Menschen und löste seine Fälle, wie seine Kollegen zu scherzen pflegten, aus purer Bequemlichkeit entweder schnell oder nie.

Mit dem Gedanken, dass das Dach des Turmes sicherlich nicht jedermann zugänglich, und bestimmt auch einen Blick wert sei, stieg er in den Aufzug, zusammen mit einigen jungen Studentinnen, die sich, zu seiner Überraschung, über irgendwelche Rittersendungen mit Drachen unterhielten. Scheinbar alle übergeschnappt hier auf dem Berg. Da würd' ich auch springen – waren die letzten Glieder seiner Gedankenkette, die mit dem Ende des Aufzugaufstiegs abriss.

Die erste Sichtung des Plateaus brachte keine überraschenden Neuigkeiten. Enttäuschend fiel der Blick nicht wie erhofft auf einen Abschiedsbrief, doch ließen sich ein Campingtisch mit dazugehöriger Bestuhlung begutachten, dessen Mitte mit Tröpfchen aus gelbem Wachs übersät war. Einige Vögel scharten sich um eine Pfütze aus einer gallertartigen Masse, die er zunächst für Erbrochenes hielt, die sich aber als aufgeweichte Brotkrumen herausstellte, die einen schmackhaften Morgensnack darzustellen schienen.

Die Aussicht von hier oben ließ die Gedanken des Kommissars kurzweilig abschweifen. Hektisches Treiben, brennende Lichter, lärmende Autos und beengtes Wohnen zur rechten schienen geradezu zu polarisieren mit der schläfrigen Ruhe der linken Ansicht. Einige bekirchte Dörfer, umrungen von dichten Wäldern und Bergen, benetzt vom feuchten Tau des Morgens, doch fern von Stress oder Hast. – Warum bist du hier heruntergestürzt Hubi? Was hattest du überhaupt hier zu suchen? – Es war offensichtlich, dass der Sprung oder Sturz außerhalb der gewöhnlichen Arbeitszeiten geschehen sein muss, da sonst Studenten oder Sicherheitsleute den Leichnam früher als heute Morgen entdeckt hätten. Als typische Raucherecke schied dieser Ort auch aus. Waren keinerlei Zigarettenstummel oder Aschenbecher zu sehen, der Weg zu umständlich und der Wind für normale Feuerzeuge deutlich zu stark, welche Einsicht er „verfickt" sagend, bei einem Selbstversuch, und damit gescheitertem Tabakgenuss gewann.

Wieder auf dem weichen Boden der Campuswiese sowie dem harten Boden der Tatsachen angekommen, musste Oster einsehen, dass der nächste Ermittlungsschritt zwar ein wertvoller, doch äußerst unangenehmer sein würde, dem er sich aber nicht entziehen konnte. Durch die Personalakte, die mittlerweile beschafft worden war, ließ sich der Wohnort der einst dreiteiligen, hoffentlich bis dato glücklichen Familie ausfindig machen. Die nicht überhastete Reise über die hiesige Stadtautobahn endete betrüblich bald vor einem schmucken Einfamilienhaus samt gepflegtem Vorgarten und Küchenfensterdurchblick, der ihn an seine eigene, verheiratete Vergangenheit erinnerte. Der eh schon zugeschnürte Magen stellte sich auf den Kopf und die aufsteigende Magensäure brodelte schmerzhaft. Die unwissende, doch sicherlich besorgte Witwe stand an der Küchenzeile und verschmierte Haselnussnougatcreme auf einigen Schwarzbrotscheiben, die sie nach dem Zerteilen aufeinander setzte und in Brotdosen verstaute. Los Junge, schnell und schmerz... naja.

Der Tastendruck der Klingel beendete die Wortendungssuche.

Die folgende Szene war bei weitem nicht die erste ihrer Art, doch änderte dies nichts daran, dass sie sich immer gleich schrecklich anfühlte. Der Polizeipsychologe riet während der Ausbildung dazu, sich von seiner eigenen Person zu distanzieren und die Situation wie ein Außenstehender analysierend zu betrachten, um die eigene emotionale Lage zu schützen. In der Theorie mag diese Handlungsweise vielleicht funktionieren, doch jedes Wesen, welches auch nur über einen Funken Empathie verfügt, scheitert im Angesicht eines Menschen, dem soeben das Ableben eines Familienmitgliedes verkündet wird.

„Guten Morgen Frau Kneipp, ich bin von der Kriminalpolizei." Mehr Worte bedurfte es nicht, um die bereits geröteten Augen, umringt von schwarzen Schatten, mit schierem Horror zu füllen, kurz bevor die Flut aus Tränen und Schluchzen die Frau in die Knie zwangen. „Hubert?" entsprang es zitternd dem Mund, welcher hinter Händen des Entsetzens noch kurz zur Rast kam, bevor das „Ja.......tot" eine Lawine aus Schluchzern und Tränen lostraten.

Die Verkündung lief kurz und schmerzhaft. Nicht gerade nach Lehrbuch, doch welchen Unterschied sollte es schon machen eine Nachricht mehrere Minuten lang schonend zu überbringen, die in den Leben dieser Leute einen Einschlag haben würde, von dem sie sich vielleicht erst nach Jahrzehnten erholen mögen. Die folgenden Minuten liefen wie in Trance ab. Was er tat, oder wie er es tat, hatte sowieso kaum Auswirkung auf das Ergebnis.

Der Schrecken und die Trauer waren echt, dessen war er sich gewiss und kein Test dieser Erde würde ihn von etwas anderem überzeugen können. Die gewonnenen Erkenntnisse waren eher spärlich. Herr Kneipp sei gestern Abend zu einem Arbeitskollegen gegangen und zusammen wollten sie Bundesliga schauen und wohl einige Bier trinken. Sie selber kenne jenen Kollegen nicht, doch wurden die Besuche häufiger und in der Hoffnung auf eine anstehende Freundschaft für den eher introvertierten „Hubi", habe sie nie genauer nachfragen wollen, habe er sich auch stets gesträubt und sei wortkarg geworden sobald das Thema angesprochen wurde. An sein Handy ging er nicht und in der Hoffnung, die beiden neuen Freunde haben vielleicht zu tief ins Bierglas geschaut, habe sie die Polizei nicht verständigen wollen, doch wurde sie mit fortschreitender Zeit immer besorgter.

Der Bericht wurde immer wieder von Schluchzen und Wimmern unterbrochen. Die feuchten Taschentücher lagen zahlreich, zerknüllt auf dem Küchentisch und bei der Frage, ob Herr Kneipp denn in letzter

Zeit sehr traurig oder apathisch gewirkt habe, erwiderte sie, dass eher eine gegenteilige Entwicklung sich abzuzeichnen schien, bevor sie von der Küchenuhr in Form einer großen Katze unterbrochen wurde. Diese miaute achtmal, um die Uhrzeit zu verkünden.

Die Körpersprache der Gattin änderte sich merklich und die verquollenen Augen weiteten sich vor Schreck. „Henrick .... er hat zur zweiten Stunde. Oh Gott". Wenige Sekunden später polterte ein junger Mann von geschätzt 18 Jahren und beeindruckender Statur, verglichen mit der eher zierlichen Mutter, die hölzerne Treppe hinunter und erstarrte beim Anblick des Szenarios. Auch er schien wenig geschlafen zu haben, doch ob dies am Verbleib des Vaters und den damit verbundenen Sorgen lag, blieb vorerst ungewiss.

Der Raum war von Blicken unterschiedlichster Emotion erfüllt. Kommissar Oster erholte sich zuerst aus dem lähmenden Stillstand und ergriff das Wort. „Herr Kneipp, ihr Vater ist gestern Nacht aufgrund bisher ungeklärter Tatsachen verstorben. Es tut mir sehr leid." Ähnlich der Mutter weiteten sich auch seine Augen, jedoch drückte sein Gesicht keinerlei Trauer aus, sondern nur Eines. Pure und gewaltige Angst. Lähmende Angst. Angst, die man nicht bekommt, weil man mit Marihuana experimentierte und im Angesicht eines Beamten Strafe droht. Angst, die in den Augen von Angehörigen steht, während ihre Geliebten in der Notaufnahme behandelt werden. Magenverkrampfende, schweißtreibende Angst, so außergewöhnlich furchtbar und entsetzlich, dass man nicht einmal seinem schlimmsten Feind wünscht, sie zu verspüren.

Osters Ermittlersinn stieß ähnlich eines Spürhundes vor diese nackte und unmittelbare Emotion, die den Gemütszustand dieses Jungen umriss, gleich einer Tsunamiwelle, die seine Sinneseindrücke überflutete und unter sich begrub.

„Ich.....muss ich..muss in die Schule", richtete er flehend an die Mutter und steuerte geradewegs und mit schnellen Schritten, jedoch ohne Rucksack, auf die Haustür zu.

Geistige Umnachtung sei in Anbetracht der Situation natürlich kaum verwunderlich, ist das Verhalten nach einer Nachricht wie dieser nie vorauszuahnen, doch Strebsamkeit hin oder her, das Verhalten des Sohnes war zutiefst außergewöhnlich.

„Stehenbleiben", rief Oster mit ruhiger Stimme, doch laut und bestimmt. Noch mit der Hand an der Türklinke verharrend, verblieb der junge Hüne regungslos für einige Sekunden, die sich wie eine Ewigkeit anfühlten. Die schweißgetränkten Hände fuhren langsam in Richtung Gesicht und ein kleiner, gelber Wachsfleck zeigte sich auf der Innenseite des Sportjackenärmels.

„Was ist denn noch?", zittert die gebrochene Stimme aus dem, in den Händen vergrabenen, Gesicht.

„Ich will nicht zu spät kommen."

„Brauchen Sie denn keine Bücher oder einen Rucksack?"

„Das ist doch jetzt völlig scheiß egal!"

„Wahrlich. Herr Kneipp, Sie sind aufgrund des Verdachts auf Totschlag festgenommen."

Ein Verhör war so etwas wie ein Spiel mit der menschlichen Psyche. Jede hat ihre Eigenheiten, Stärken, Schwächen und Limits. Die Kunst des Spiels war es, in eben jene einzudringen, ohne die Abwehrmechanismen zu torpedieren. Agiert man hier zu stürmisch, lassen sich aus schweigendem Trotz leider kaum Informationen entlocken. Vielen ist die guter-Bulle-, böser-Bulle-Masche ein Begriff, doch die ist nur eine lächerliche Erfindung von stupiden Abendkrimis, die angesichts der komplexen Realität, in der sich die Herren Oster und Kneipp befanden, höchstens lächerlich wirkt.

„Wie ist denn das Wachs an ihre Jacke gekommen?"
„Keine Ahnung, was hat das mit meinem Vater zu tun?"
„Eben jene Wachsspuren fanden wir auch am vermutlichen Tatort."
„Stellen Sie sich vor....diese schnieken, senfgelben Kerzen kann man in jedem Drogeriemarkt kaufen, zu 'nem sagenhaften Preis sag' ich ihnen. Sicherlich sind sie in tausenden Haushalten zu finden. Kann ich jetzt gehen oder haben Sie noch andere phänomenale Beweise?"

Donnerlittchen. Der Überraschungsmoment von vor einigen Viertelstunden ist definitiv vorbei. Der Bengel hat seine Nerven wiedergefunden und scheint gescheit. Das wird nicht einfach.

„Was haben Sie denn gestern Abend so gemacht?"
„Ich war joggen...ist das verboten?"
„Nein. Hat Sie denn dabei jemand gesehen?
„Nö. Ist im Wald aber auch nicht verwunderlich."
„Und danach?"
„Geduscht, 'ne Pizza gegessen, ein bisschen gezockt, Hausaufgaben gemacht, Zähne geputzt, ein bisschen was gelesen, gepennt."
„Nietzsche?"
„PC Gamer – Oktober Edition, mit 'nem Poster von Geralt aus Rivia, wenn Sie es so genau wissen wollen."
„Dafür werden sich wohl sicher keine Zeugen finden lassen, oder?"
„Nope, brauch' ich aber auch nicht. Sie haben ja nichts gegen mich in der Hand."
„Aha. Erzählen Sie mir doch bitte noch einmal, was sie gestern getan haben, aber diesmal in umgekehrter Reihenfolge."

Die Schultern verkrampfen, die Iris wandert nach oben, die Augenbrauen sinken mittig ab. Er muss sich konzentrieren, kann aber mit leichtem Zögern die Reihenfolge rekapitulieren. Verdammt. Die Erinnerung an den gestrigen Abend ist konstruiert, aber er lässt es nicht offensichtlich durchscheinen.

Diesen heißen Tango hatte Kommissar Oster schon einige Male getanzt, doch scheint sein Partner einige flotte Schritte parat zu haben. So würde er nicht weiter kommen.

„Wie geht es denn Ihrer Freundin?"

„Lol, hab keine, alle beschissen, labern nur von Youtube, Pferden und Schminke."

„Wie läuft es in der Schule?"

„Nervt, aber läuft."

„Sie mögen also Computerspiele?"

„Ist das hier ein Date? Da hätte ich aber besseren Kaffee erwartet, Herr Oster."

„Hat ihr Vater Sie geschlagen?"

„Nein?! Warum sollte er?"

„Und Ihre Mutter?"

„Haben Sie hier ein Motivliste rumfliegen und kreuzen jetzt munter alles ab, bis Sie zufällig einen Treffer landen?"

„Vielleicht. Hat er denn?"

„Nicht, dass ich wüsste. Selbst wenn...dann werf ich ihn doch nicht von 'nem Dach."

BINGO

„Welches Dach?"

Die Augen weiten sich merklich, die Finger umgreifen den Plastikbecher, in dem sich eine widerliche

Automatenkaffeeplörre befand, etwas fester und ein helles Knackgeräusch durchdringt die Stille.

„Ach das sagt man doch nur so."

Röte schießt ihm ins Gesicht. Er hat einen Fehler gemacht und weiß es genau.

„Nein. Ich habe nie etwas von einem Dach gesagt. Ihr Vater wurde von einem Dach in den sicheren Tod gestoßen und das können Sie nicht wissen, außer, Sie haben damit etwas zu tun."

Oster holt Luft.

„Hören Sie Herr Kneipp. Ich weiß noch nicht, was geschah, aber Ihre Geschichte stinkt von vorn bis hinten. Wenn Sie jetzt gestehen, kann ich ihnen helfen, aber wenn Sie mir weiter solchen Unfug auftischen, werde ich weiter buddeln. Weiter und weiter, bis ich auf die Wahrheit stoße und Ihrer Mutter erklären kann, warum sie nun eine Witwe ist. Und glauben Sie mir, meine Schaufel hat schon einige Löcher ausgehoben. Je nachdem wie es läuft und wie gefügig Sie sich zeigen, werden sie noch nach Jugendstrafgesetz verurteilt. Oder sie gehen für Totschlag in den Bau. Die Knackis dort werden sich über einen kessen Kerl wie Sie sicher freuen."

Wenige Stunden später vervollständigte sich das mentale Puzzle des ersten Polizeihauptkommissars, der, sichtlich zufrieden, den mündlichen Bericht des Kommissars Oster und den damit verbundenen schnellen Abschluss des Kriminalfalls, ganz ohne emotionale Befangenheit, genießen konnte.

Wie sich herausstellte, sei Herr Oster Senior keineswegs des Nachts zu einem Freund „BuLi" gucken gegangen, sondern habe sich auf dem Universitätsgelände mit einer männlichen Affäre getroffen. Fern von fremden Blicken haben die zwei Herren es sich dann auf dem Dach des verlassenen Universitätsgebäudes mitsamt Kerzenschein, Käse und Baguette gemütlich gemacht. Unglücklicherweise seien die beiden keineswegs ungestört gewesen, wurden sie doch vom misstrauischen Sohn der Kneipps verfolgt. Dieser vermutete einen Seitensprung seines Vaters und erwischte ihn in flagranti. Der Vater habe sich immer so überschwänglich auf die BuLi-Treffen gefreut und davor unverhältnismäßig viel Gepäck eingeladen. So wurde ein vom Sohn unverplanter Dienstagabend dazu verwandt, dem Ganzen auf den Grund zu gehen und den Familienvater zu verfolgen. Dieser schloss die mit Hilfe seines Generalschlüssels geöffneten Türen hinter sich gedankenverloren nicht ab und ermöglichte seinem Sohn damit die Beschattung. Auf dem Dach angekommen, sah dieser, wie die beiden Liebenden einander eng umschlungen liebkosten. Konfrontiert mit dem homosexuellen Seitensprung seines Vaters habe Henrik schlichtweg die Nerven verloren und sei mit einer Mischung aus Wut und Enttäuschung wild schreiend auf den Vater losgegangen. Der Geliebte habe sich beim entstehenden Handgemenge nicht eingemischt, sondern sei ergriffen von Furcht und Scham geflohen. Unglücklicherweise sei der Disput vollkommen aus den Fugen geraten und Henrik habe den zum Dinner zugehörigen Kerzenständer als Waffe genutzt und seinem Vater seitlich an den Schädel geschlagen. Ergriffen von jenem Schlag schwand Herrn Kneipp das Bewusstsein und er stürzte das Gebäude hinunter. Irrational und unter Schock versuchte Henrik nun nur die Schuld von sich zu lenken und bestückte Zuhause angekommen den vom Vater Zuhause entliehenen Kerzenständer mit neuen, gelben Kerzen, reinigte ihn so gut er konnte und hoffte, dass das kurzzeitige Fehlen und die damit verbundene Tat nie in Erfahrung gebracht werden würden.

Zusätzlich zu dem Geständnis würde der Kerzenständer zweifelsfrei vom Lila Pause Forensiker als Tatwaffe identifiziert werden und ein Richter würde über Schuldfähigkeit und Strafe zu entscheiden haben.

„Na ist doch toll Österchen! Hervorragende Arbeit!"

Ganz und gar nicht toll fühlte sich Kommissar Oster am Abend des kurzen Ermittlungstages. Erfolgreich war er, doch fühlten sich eine zerstörte Familie, ein beendetes Leben und mindestens zwei weitere, die auf ewig Schäden davontragen werden, als Siegerprämie äußerst schäbig an. Geheimnisse, Stolz und gesellschaftlicher Druck sind die wahren Täter, doch die wird er wohl niemals dingfest machen können, denkt er und staunt über sein eigenes Wortspiel, während er eine Schlaftablette mit einem großen Schluck billigem Whisky hinunterstürzt, in der Hoffnung, heute Nacht in seiner kleinen Wohnung Schlaf zu finden.

Über den Autor: Lukas Müller, aufgewachsen in idyllischer Einöde des Siegener Umlandes, entdeckte seine kreative Ader erst sehr spät und nach Abbruch eines naturwissenschaftlichen Studiums samt Wechsel zum Lehramt. Seitdem treibt er sich in vielerlei Gefilden herum, sei es als polarisierender Poetry Slammer, Hörspielsprecher, Theaterhelferlein, Musiker, Basketballer oder als Teil eines Musikstudiokollektivs (dem größter Dank und mehr Erfolg gebührt). Dem Ende seiner letzten Examen entgegenarbeitend, ist der Metalmusikenthusiast stets kopfhörertragend, in unnützen Gedanken wie neuer Riffs oder Kaffee versunken, voller Unlust schmökernd, in den hiesigen Universitätsbibliotheken anzutreffen, freut sich aber sehr, Teil dieses Bandes zu sein und wünscht viel Vergnügen, Energie und Scharfsinn.

Elena Schäfer

Der Eskapist

Yyyyyyyyyyyyyyyyyyyyynnnnnnnnjklllllllllllvfgsytgzhuuu-
uuuuuuuuuuuukfsssssssssssssssssssunnnnnnnnnnnn.ghhh
hhhhhhhhhhhhhhhhjmmmmmmmmmmmmmmmmmm
mmmmmttttttttttttttttttttttttzzzzzzzz

Eigentlich sah es so aus, als wäre er bloß einge-
schlafen. Der Druck auf die Tasten hatte ein krypti-
sches Muster auf dem Bildschirm aufflammen lassen.
Nichtssagend, zumindest im Hinblick auf den Inhalt
der Buchstabenfolge. Vielsagend im Hinblick auf den
Todeszeitpunkt.

„Letzte Speicherung um 1:19 Uhr. Word sei
Dank", sagte Emmy. Mittlerweile war es schon halb
drei. „Wie lange hat das Gebäude geöffnet?", fragte sie
den Hausmeister, der kreidebleich neben ihr stand.

„I-ich, ääh..." Die Schockstarre ließ seinen Mund
fast reglos werden. Er bemühte sich um Worte, doch
seine Augen verwendeten sämtliche Energie darauf,
das Szenario vor ihm einzufangen. Er wollte den Blick
abwenden, aber es gelang ihm nicht. Bewegungslos
lag das Opfer da. Es war der Mann, dem er vor ein
paar Stunden die Schranke zum Campus geöffnet
hatte, damit er mit seinem Quattroporte passieren
konnte. Beneidet hatte er diesen Mann. Sie hatten in
etwa das gleiche Alter, beide waren sie Mitte 50. Doch
er trug eine ausgewaschene Jeans, und sein verwa-

schenes Hemd zierte verschmierte Schokolade. Viel zu dick geworden sei er, hatte seine Frau gesagt, wenn sie die fleckigen Hemden widerwillig in die Waschmaschine stopfte. Eines Tages hatte sie ihn verlassen. Nur die Flecken als Erinnerung an seine Unzulänglichkeiten waren ihm geblieben.

Der Tote hingegen trug einen schwarzen Anzug, weißes Hemd und roch nach teurem Aftershave.

„Sie sind ja ganz bleich. Vielleicht gehen Sie lieber mal an die frische Luft. Das könnte sonst zu unangenehmen Verwechslungen beim Leichenabtransport führen", sagte die Kommissarin trocken. Sie hatte ihr Feingefühl in der Polizeischule verloren und seither einfach nicht mehr wiedergefunden, vermisste es aber auch nicht sonderlich.

„Mitternacht", flüsterte der immer noch konsternierte Hausmeister mit brüchiger Stimme.

„Bitte wie?", fragte Emmy. „Ach, um Mitternacht schließt das Gebäude?"

Der Hausmeister nickte bestätigend.

„Und wann gehen Sie dann nach Hause?" Emmy stellte sich vor den Hausmeister, um die Sicht auf den leblosen Körper zu verdecken.

„Ich... ich mache noch einen kurzen Rundgang, ob alles abgeschlossen und alle Lichter aus sind. Und dann gehe ich." Während er sprach, richtete sich sein Blick nach unten, und er starrte auf den Fußboden. Es war ganz sicher nicht die schönste Nacht seines Lebens. Er brauchte Erholung. Dringend. Einfach schlafen und alles vergessen. Das war sein Wunsch.

Seine tiefe Erschöpfung war selbst für die Kommissarin spürbar. „Ich denke, Sie können dann jetzt gehen. Mein Kollege hat Ihre Aussage ja bereits protokolliert. Wir werden uns bei Rückfragen bei Ihnen melden. Gute Nacht, Herr Schröder. Nehmen Sie es sich nicht zu sehr zu Herzen." Damit entließ sie ihn. Geschwächt nickte der Hausmeister, drehte sich um und schlurfte davon.

„Emmy, schaust du mal?", forderte ein Kollege ihre Aufmerksamkeit ein. Mit einem rätselnden Gesichtsausdruck präsentierte er ihr den geöffneten Aktenkoffer, der neben dem Toten gestanden hatte. „Der ist voller Papiere. Alles auf Russisch oder so etwas Ähnlichem. Ich kann es jedenfalls nicht lesen. Und dann haben wir noch Aftershave, Zahnbürste und Rasierer in dem Koffer gefunden. Vielleicht wollte er verreisen. Wir können allerdings seine Geldbörse nicht finden."

Emmy warf einen Blick auf die Unterlagen, aber auch sie konnte sie nicht entziffern. Nur das Logo, mit dem jede Dokumentenecke versehen war, kam ihr bekannt vor. „Das heißt, wir wissen nicht, wer er ist", stellte sie fest und blickte auf ihre Uhr. Es war wirklich spät, was auch ihr Kollege schon bemerkt hatte.

„Emmy, kann ich dann jetzt gehen?", fragte er. „Die SpuSi macht ja den Rest und ich habe heute Nachtschicht mit dem Kleinen..."

„Jaja, du kannst gehen. Wir sehen uns morgen. Meine Empfehlung an die Gattin." Sie verscheuchte ihn mit einer wedelnden Handbewegung und musste gähnen. Dann betrachtete sie den Leichnam noch einmal näher. Seltsame rote Punkte sprenkelten seinen kahlen Kopf. „Das muss sich der Kollege von der Patho noch genauer ansehen", sagte sie vor sich hin.

„Alles klar, Frau Noether", hörte sie eine gedämpfte Stimme von unter dem Tisch.

„Danke", antwortete sie verdutzt, worauf ihr der Kollege von der Spurensicherung mit einem Pinsel ein „schon gut" winkte. Sie schien hier nicht mehr viel ausrichten zu können.

Als Emmy am nächsten Morgen auf die Wache kam, begann sie mit dem Sortieren der Informationen und der Eindrücke des Tatorts. Sie stellte für sich eine Fritz-Lang-Gleichung auf: Das Austauschen der Unbekannten durch Indizien sollte zur Ermittelbarkeit eines Mörders führen. Die Variablen waren der Ort und die Zeit, die Art und Weise, das Motiv, und selbstredend brauchte es ein Opfer. Nicht immer konnte diese mathematische Logik bestehen. Manchmal waren alle Variablen eingesetzt und doch konnte ‚M' nicht gefunden werden. *Der Zufall* stand bei der Lösung manchmal im Weg. Er befand sich abseits von Berechenbarkeit, Kalkulation oder Kausalität und brachte einfach alles durcheinander.

Sie machte sich über die Papiere her, die sie in dem Aktenkoffer gefunden hatten. Die Buchstaben sahen tatsächlich kyrillisch aus. „Katharina, kannst du hier mal einen Blick draufwerfen?", fragte sie ihre russischstämmige Kollegin, die gerade ein Mettbrötchen frühstücken wollte.

Katharina besah sich das Dokument. „Das ist eine Art Protokoll oder so was", sagte sie nach dem ersten Blick und biss in ihr Brötchen.

„Von wem denn?" Emmy deutete auf das Logo in der rechten oberen Ecke.

„Waterprom", las Katharina ab.

Tatsächlich. Das Logo war Emmy so bekannt vorgekommen, weil es bereits ab und an in den Medien kursiert war.

Katharina fuhr fort: „Da steht, dass die das Trinkwasser im Siegerland kontaminieren wollen." Sie überflog die nächste Seite, bis sie schließlich innehielt und ihr ein Krümel vom Kinn fiel. „Hmm. Und wenn das funktioniert, wollen die es ausweiten. In Deutschland und dann über die Grenzen hinweg. Waterprom würde dann direkt passende Wasseraufbereitungsanlagen anbieten können, die die Wasserversorger im Angesicht der Dringlichkeit zu unverschämt teuren Konditionen kaufen müssten."

„Emmy, dein Telefon geht", stöhnte ihr übermüdeter Kollege, der die Nacht wohl nicht viel geschlafen hatte. Nicht nur der nächtliche Einsatz, auch der Nachwuchs daheim hatte ihn offenbar wach gehalten. Aus ihren Recherchen gerissen, bemerkte sie das Klingeln jetzt auch.

„Oh ja, danke." Schnell griff sie zum Hörer. Es war die Pathologie. „Ja – aha – aha. – Oh, wirklich", sagte sie und machte sich Notizen. Nachdem sie aufgelegt hatte, blickte sie ihren Kollegen an, der ihr und sich gerade Kaffee einschenkte. „Es war Mord", stellte sie fest. „Der Tote wurde vergiftet, und zwar mit Schierling."

Ihr Kollege reichte Emmy den Kaffee rüber und stieß dabei seine eigene Tasse um: „So ein Mist!"

„Das wird der Tote ganz ähnlich sehen", entgegnete die Kommissarin und reichte ihm Taschentücher aus ihrer Schreibtischschublade. „Mich wundert auf jeden Fall, dass man jemanden umbringt und dann einen Aktenkoffer mit höchst brisantem Inhalt am Tatort zurücklässt. Und es wird noch bizarrer. Die roten Punkte auf seinem Kopf, das waren kleine Blutströpfchen. Kurz bevor das Opfer starb, wurde ihm der Schädel rasiert. Ein Abgleich zeigt auch, dass die Fingerabdrücke auf dem Aftershave und den anderen Sachen nicht mit den Fingerabdrücken des Toten übereinstimmen. Das heißt, das Opfer hat sich nicht selbst parfümiert, sondern wurde, womöglich vom Täter, mit dem Aftershave besprüht." Sie rührte blicklos in ihrer Kaffeetasse. „Wenn man weiß, dass man nichts weiß..."

„Emmy, das Telefon...", mahnte ihr Kollege, während ihm sein stützender Arm unterm Kinn wegrutschte.

„Ach so, ja, danke."

Emmy löste sich aus ihrer Starre und nahm den Hörer ab. „Noether – ja bitte? – Gut, lassen Sie sie rein."

210

Wenige Sekunden später trat eine dünne, ältere Frau in die Tür. Sie wirkte etwas irritiert.

„Frau Schröder, nehme ich an? Was können wir gegen – ich meine, für Sie tun?", richtete Emmy erst das Wort und dann die Hand an die ältere Dame.

„Nun, ich bin hergekommen, weil ich vorhin eine sehr seltsame Begegnung hatte und dachte, dass es Sie vielleicht interessieren könnte." Frau Schröder blickte zwischen Emmy und ihrem Kollegen hin und her.

„Setzen Sie sich doch bitte und erzählen dann ganz in Ruhe. Möchten Sie etwas trinken?", bot ihr der Kollege an.

„Nein danke", antwortete Frau Schröder und fuhr fort. „Also, vorhin hat es bei mir an der Tür geklingelt, und da habe ich über die Gegensprechanlage gefragt, wer da sei. Eine Männerstimme sagte dann: ‚Hallo, mein Schatz. Ich glaube, ich habe den Schlüssel verlegt. Kannst du mir aufmachen?' Ich habe erst gedacht, es sei mein Freund, auch wenn ich mich über seine Stimme gewundert habe, aber ich dachte, das könnte ja von der Anlage kommen. Also habe ich die Tür geöffnet. Dann kam ein Mann die Treppe hoch, schaute mich an und wollte in meine Wohnung hinein. Aber ich kannte den Mann gar nicht. Ich habe ihn noch nie gesehen und habe es mit der Angst zu tun bekommen."

Frau Schröder holte tief Luft. „Ich bin schnell zurück in die Wohnung und habe die Tür zugemacht. Aber der Mann wollte nicht gehen. Ich habe ihm gesagt, dass er verschwinden soll und dass ich die

Polizei rufe. Er wollte es nicht verstehen. Er wäre doch mein Mann. Er meinte, er wäre sogar in eine Gruppentherapie gegangen, um sein Leben zu ändern. Er hätte alles aufgegeben. Sein vorheriges Leben sei vergangen. Er wollte und konnte das alles nicht mehr. Aber es war nicht mein Mann, beziehungsweise mein Ex-Mann, ich habe mich vor drei Monaten getrennt, aber hätte ihn natürlich sofort wiedererkannt. Auch wenn er abgenommen oder sonst was hätte. Dreißig Jahre meines Lebens, da erkennt man sich. Ich habe diesen Fremden schließlich abwimmeln können und musste mich erst einmal etwas sammeln. Kurz darauf rief die Universität an. Mein Ex-Mann sei nicht zur Arbeit erschienen und auch nicht zu erreichen. Ob es ihm gut ginge, weil er ja gestern den Toten gefunden hätte. Für mich hat das alles überhaupt keinen Sinn ergeben. Und da habe ich gedacht, erzähle ich Ihnen davon. Wissen Sie, wo Herbert ist?"

Emmy und ihr Kollege schauten sich einen Moment an. „Nun, möglicherweise", sagte Emmy.

Die zurückgeschlagene Decke entblößte ein kalkweißes, lebloses Gesicht.

„Oh Gott, das ist er!" Frau Schröder schlug sich eine Hand vor den Mund und drehte sich weg.

Die Kommissarin nickte ihrem Kollegen zu. „Möchten Sie sich vielleicht noch verabschieden?", fragte sie die schlagartig zur Witwe gewordene Frau, die allmählich die Fassung zurückerlangte.

„Ja, das möchte ich. Herbert, ich weiß, dass du die Trennung nicht verkraftet hast. Dass du mir und meinem neuen Freund ab und zu nachgestellt hast, aber wir wären einfach nicht mehr glücklich geworden. Ich zumindest wäre es nicht. Was hatten wir schon für ein Leben zusammen? Ich wollte einfach ausbrechen. Ausbrechen aus dieser kleinen, grau gestrichenen Welt, die wir uns zusammen aufgebaut haben. Jeden Tag derselbe Kummer mit dir. Jeden Tag einen Tag weniger zu leben. So ging das einfach nicht weiter. Vielleicht bist du ja jetzt an einem besseren Ort. Und Herbert, die neue Frisur, also die steht dir überhaupt nicht.“

„War es ganz sicher kein Selbstmord? Bei so einer Frau die Flucht nach vorn, das wäre doch ein absolut verständlicher Grund!“, sinnierte Emmys Kollege.

Die Kommissarin musste kurz auflachen. „Aber sie hatte sich ja schon getrennt. Das reicht doch eigentlich. Andererseits hätten wir dann jetzt Feierabend...“ Sich am Kinn kratzend, fing sie ihre Gedanken wieder ein. „Nun ja. Also, wir müssen auf jeden Fall dem mysteriösen Besucher von Frau Schröder auf die Spur kommen.“

Sie nickten sich zu und verließen das Präsidium. Draußen regnete es. Wie so oft. Emmy und ihr Kollege stiegen in den Streifenwagen und fuhren los. Ihr Anlaufpunkt war Frau Schröders Zuhause. Sie hofften, dort Spuren zu finden, die sie zu dem bisher unbekannten Mann führten.

Als sie dort ankamen, ging gerade jemand aus dem Wohngebäude heraus, und sie konnten einfach eintreten. Frau Schröders Wohnung befand sich im dritten Stock. Sie wollten gerade klingeln, da hörten sie einen kreischenden Aufschrei, gefolgt von einem lauten Scheppern hinter der Wohnungstür.

Emmy und ihr Kollege schauten sich für einen Moment verdutzt an. Während Emmy vorsichtshalber ihre Waffe zog, holte ihr Kollege eine Kreditkarte heraus und öffnete die Wohnungstür. Behutsam traten sie ein und orteten die Richtung, aus der sie Geräusche hörten. Per Kopfwink zeigte Emmy auf das zweite Zimmer rechts. Mit der Waffe voraus spähten sie in den Raum und sahen Frau Schröder, die bewusstlos auf dem Bett lag. Der Kollege trat mit einem kräftigen Tritt die Zimmertür auf und stieß ein lautes „Polizei!" hervor. Vor ihnen stand der Mann aus der Tatnacht, der sie so erschrocken anschaute, als wäre gerade der Blitz vor ihm eingeschlagen.

„Heben Sie die Hände hoch und bewegen Sie sich nicht", wies Emmy ihn mit ruhiger Stimme an, die Waffe immer noch fest in der Hand. Er tat wie ihm geheißen und hob die Hände in die Luft.

„Was haben Sie mit ihr gemacht?", fragte Emmy, während sie ihm Handschellen anlegte, was er ohne viel Murren über sich ergehen ließ.

„Sie hat mich fürchterlich angeschrien", sagte er, „da habe ich ihr die Vase über den Kopf gezogen."

Emmys Kollege, der sich in der Zwischenzeit um Frau Schröder kümmerte und den Krankenwagen

214

gerufen hatte, nickte verständnisvoll und schaute auf die zersplitterte Vase, die neben dem Bett auf dem Teppich lag. Emmy, die die männliche Solidarität in der Luft spüren konnte, rollte mit den Augen und führte den Mann aus der Wohnung zum Streifenwagen. „Haben wir extra für Sie reserviert", sagte sie und setzte den Mann auf die Rückbank, was er bereitwillig mitmachte.

„Fangen wir mit etwas Leichtem an", begann Emmy das Verhör. „Wie ist Ihr Name?"

„Mein Name ist Herbert Schröder", antwortete der Mann mit voller Überzeugung.

„Nein, das ist er nicht", sagte Emmy.

„Wieso nicht?", fragte er verwirrt.

„Nun, weil Sie dann jetzt bei Minusgraden im Untergeschoss liegen würden. Das tun Sie aber nicht. Ich rede ja mit Ihnen", erklärte Emmy. „Also noch mal. Wer sind Sie?"

„Ich bin Herbert Schröder", wiederholte er und fasste sich mit einer Hand an die Brust, um sich selbst zu bestätigen.

„Und wer ist dann der Mann auf dem Bild?", fragte die Kommissarin und legte ihm ein Portraitfoto des Toten vor die Nase.

Der Verhörte schaute ungläubig einige Sekunden auf das ihm vorgesetzte Gesicht. „Das weiß ich nicht."

„Haben Sie ihn denn schon einmal gesehen?", wollte die Kommissarin wissen.

„Nein. Oder ja. Ich bin mir nicht sicher", sagte der Mann nachdenklich. „Er kommt mir schon bekannt vor."

„Na immerhin", antwortete Emmy und überlegte kurz. Dann nahm sie einen Stift, kritzelte dem Mann auf dem Foto Haare und drehte es wieder zu dem Unbekannten. „Und jetzt?", fragte sie.

„Hmm. Ja, doch. Wir sind uns in einer Gruppe begegnet."

„Was für eine Gruppe?"

„Eine Selbsthilfegruppe. Wir waren etwa fünfzehn Teilnehmer und haben uns öfter getroffen, um über unsere Probleme zu reden."

„Was waren das für Probleme?"

„Nun, jeder von uns hatte Probleme mit seinem Leben …" Er stockte.

„Probleme in welchem Bereich?"

„Ich hatte Probleme mit meiner Frau. Sie hatte mich vor Kurzem verlassen, weil ich so dick geworden bin", antwortete er und schaute an sich herunter. Von Übergewicht war keine Spur.

„Wie heißt denn Ihre Ex-Frau?"

„Sie heißt Ursel."

„Die Ursel Schröder, bei der Sie eingebrochen sind? Warum waren Sie vorhin bei ihr? Was wollten Sie in der Wohnung?"

„Ich wollte mit ihr reden."

„Zu welchem Zweck?"

„Ich habe ihr versichern wollen, dass ich alles wieder in Ordnung bringe und wir dann wieder zusammenkommen."

„Indem Sie sie k.o. schlagen und aufs Bett werfen? Sind Sie Fred Feuerstein?", hakte Emmy sarkastisch nach. „Sie wissen, dass Frau Schröder einen neuen Freund hat?"

„Nein, das ist mir neu. Sind Sie sicher?"

„Ja, ganz sicher. Wer kann dieser charmanten Dame schon widerstehen?"

Emmy ging zur nächsten Konfrontation über und zeigte dem Verhörten die Dokumente von Waterprom: „Wissen Sie, was das ist?"

Er bemühte sich um Neutralität, doch Emmy sah in seinem Gesicht, dass sich etwas in ihm regte. Sein linkes Augenlid begann zu zucken. „Wir haben Ihre Fingerabdrücke auf jeder Seite des Dokuments gefunden. Und wir werden noch eine Schriftanalyse anfertigen lassen und Ihre Schrift mit der Unterschrift auf dem Vertrag vergleichen."

„Ich weiß einfach nicht, wovon Sie reden. Ich bin Herbert Schröder – übergewichtig und verlassen", beharrte der Mann auf seiner Aussage.

„Mit Verlaub, Sie sind ein dünner Hering und Frau Schröder hat Sie heute das erste Mal in ihrem Leben gesehen. Und was ist eigentlich mit Ihrer Frisur los?" Emmy schielte auf die Haare ihres Gegenübers, die den Anschein machten, mehr schlecht als recht aufgeklebt worden zu sein. Sie löste sich wieder von der zotteligen Mähne und fuhr fort: „Noch dazu sind

Sie irgendwie, und wir werden noch herausfinden wie, in diese Waterprom-Geschichte hier verwickelt." Sie tippte dabei auf das Papier.

„Aber ich erinnere mich nicht", antwortete er, und Emmy haderte mit sich, ob sie ihm glauben wollte. Dann sagte sie: „Das müssen Sie womöglich gar nicht."

„Was hat der Psychologe gesagt?", fragte Emmys Kollege. „Weiß er wirklich nichts mehr?"

„Nein. Er kann die Realität und seine Phantasie nicht mehr voneinander trennen. Unser Täter hatte Herrn Schröder in einer Therapie kennen gelernt. Eine Gruppentherapie. Herr Schröder erzählte dort von seinem Leben und wie alles den Bach heruntergegangen war. Der Täter fing an, sich mit ihm zu vergleichen. Er war ein hohes Tier bei Waterprom. Völlig überarbeitet und da schon vermutlich nah am Nervenzusammenbruch. Als entschieden wurde, den Wassercoup einzuleiten, konnte er das nicht mit seinem Gewissen vereinbaren. Er wusste nicht, was er tun sollte. Und da fing er an zu phantasieren. Er stellte sich ein anderes Leben vor. Herr Schröder war fast gleich alt. Seine Probleme waren minimal, nichts von so weitreichender Bedeutung, und vermutlich würde ihn auch keiner besonders vermissen. Nach und nach verlor sich der Täter immer mehr darin, das Leben von Herrn Schröder haben zu wollen. Da es nicht zwei Schröder geben konnte, musste einer weichen. Das Gift, das in Herrn Schröders Körper gefunden wurde, wurde therapieintern genutzt. Der Täter musste nur die Dosierung wesentlich erhöhen und es Herrn Schröder verabreichen. Er hat das Gift unbemerkt in die Thermoskanne Kakao gegeben, die Herr Schröder immer zu den Muffins trank. Der Täter beendete Herrn Schröders Leben, um es sich anzueignen. Um aus seinem Leben auszubrechen und in ein anderes zu fliehen."

Über die Autorin: Elena Schäfer studierte an der Universität Siegen zunächst Medienwissenschaft, anschließend Medienkultur. Dabei interessierte sie sich besonders für die sozialen und ethischen Aspekte. Während ihres Studiums arbeitete sie als Radioreporterin, in Fernsehproduktionen im In- und Ausland und stellte im Rahmen eines Stipendiums Forschungen zu Gerüchen im kinematographischen Raum an. Sie ist ehrenamtliches Vorstandsmitglied von ‚Osmodrama', einem in Berlin ansässigen Verein für Geruchskunst. Im Privaten engagiert Elena sich für die Integration von Geflüchteten und ist Vormund eines syrischen Jungen.

Essay

Ralf Strackbein

Von der Kunst, eine spannende Geschichte zu erzählen

Als ich vor 26 Jahren meinen ersten Detektivroman nach quälenden Nachtschichten fertiggestellt hatte, las ich ihn, erschrak und warf ihn dann in die Mülltonne. Das erzählerische Produkt war vergiftet worden, durch meine eigene Blindheit und Ignoranz. Denn statt dem einzigen Grund, der die Existenz eines Kriminalromans rechtfertigen kann, nachzukommen, habe ich mich am eigentlichen Handeln, dem Schreiben, ergötzt und sozusagen die Existenzberechtigung aus dem Blick verloren. Ein Kriminalroman muss unterhalten und sollte spannend, überraschend und vielleicht noch humorvoll sein.

Was sich so einfach anhört, stellt sich in der Ausführung als schwierig dar. Allein schon die simplen Adjektive: *spannend, überraschend* und *humorvoll,* stoßen Pforten auf, hinter denen sich Dschungel verbergen, in denen man umkommen kann. Jeder empfindet unter den genannten Eigenschaften etwas anderes. Worüber der Nachbar lacht, kann bei einem selbst Erbrechen auslösen. Wo die Freundin bei einem Filmabend zum Kissen greift, weil sie den Horror auf der Matschscheibe nicht mehr aushält, schmunzelt der Freund, weil ihm die Effekte so übertrieben vorkommen. Eigentlich ist es ein Wunder, dass wir uns untereinander verständlich machen können, bei all den vielen möglichen Missverständnissen, die in einem Gespräch oder in Sätzen lauern können.

Dass es trotzdem gelingt, faszinierende Geschichten zu schreiben, die Millionen von Menschen ansprechen, liegt an der Kunst des Autors, der Autorin, Bilder im Kopf des Lesers, der Leserin, entstehenzulassen, die die Leserschaft zuordnen und verstehen kann. Jeder Autor hat da seine eigenen Methoden, doch letztlich läuft es darauf hinaus, den Leser, die Leserin sozusagen durch eine *mögliche* Bilderflut genau zu jenem Bild zu lotsen, dass den Vorstellungen des Autors am nächsten kommt.

Man kann es sich wie ein Kunstmuseum vorstellen, in dem unendlich viele Gemälde hängen. Es gilt den Besuchern eine Wegbeschreibung mitzugeben, die sie genau zu dem Gemälde führen, das man sich beim Schreiben ausgedacht hat. Und wie es bei Wegbeschreibungen oft der Fall ist, können sie grob, *„Ein Orkan traf die Klippen mit Wucht. Marie spürte den Boden beben."* oder umfangreicher sein: *„Der Wind jagte mit Orkanstärke die Klippe hinauf. Vor sich her trieb er salzige Wassermassen, die wie ein Rammbock gegen die Felsen donnerten. Marie spürte in ihren Fußspitzen das Wüten der See am Rand der Klippe."*

Die immer während Gefahr lauert in der Auswahl und der Anzahl von Worten. Der richtige Begriff, zu wenig, zu viel Beschreibung? Eine gute Geschichte zu schreiben ist zu vergleichen mit gutem Kochen. Beim Kochen kommt es auf die Dosierung der Gewürze und der Zutaten an. Bei einer Erzählung, einem Roman ist die Dosierung der Worte der Schlüssel zum Erfolg. Es gibt keine Regel, keine Formel, mit der es immer gelingt, die perfekte Geschichte zu schreiben. Wer die Formel findet, wird als reicher Mann oder reiche Frau sterben.

Was man lehren kann, ist, auf ein paar Anhaltspunkte zu achten. Zum Beispiel hilft es, wenn man Empathie kreativ einsetzen kann. Wer als Schriftsteller seine Leserinnen und Leser versteht, ihre Ängste, ihre Sehnsüchte oder ihren Humor nachempfinden kann, der wird die richtigen Bilder erschaffen. Ein umfangreicher Wortschatz hilft ungemein, aber Achtung! *Deskribieren* Sie nicht, das kann Kopfschütteln auslösen. Wenn Sie etwas *beschreiben* wollen, halten Sie den Text, die Worte, verständlich.

Ist man im Stande mit Wörtern, Bilder zu malen, kommt die nächste Herausforderung: Struktur.

Ohne einen durchdachten Handlungsstrang können die schönsten Satzkonstruktionen, die inspirierensten Wortdrechseleien in einem Desaster enden. Gerade bei Rätsel-Krimis, wie ich sie seit Jahren veröffentliche, ist ein konstruierter Handlungsablauf notwendig. Nur so ist gewährleistet, dass am Ende die Lösung für den Leser, die Leserin, glaubwürdig und nachzuvollziehen ist. Hegt man zudem den Anspruch, seine Leserschaft zeitgleich mit dem Detektiv an den Ermittlungen teilhaben zu lassen, ist eine genaue Planung, wann und wo im Text die Hinweise platziert werden, unumgänglich. Dabei gilt täuschen und vernebeln der Hinweise als große Kunst.

Bevor es jedoch losgeht, ist Planung angesagt, und zwar die eines Mordes. Einen Mord gibt es aber nur, wenn zuvor ein Motiv für die mordende Handlung vorhanden ist. Mit einem Motiv beginnt die Planung des Mordes. Zum Glück gibt es nur zwei Hauptmotive: Habgier und Gefühle.

Alle Morde, bei denen sich der Mörder durch die Tat einen materiellen Mehrgewinn verspricht oder erzielt, lassen sich unter „Habgier" auflisten. Mordmotive wie Eifersucht, Hass, Neid oder sogar Liebe lassen sich unter „Gefühle" zusammenfassen.

Bevor man sich eine Handlung ausdenkt, sollte man gut überlegen, welches der Hauptmotive für die Handlung am tragfähigsten ist. Einem nüchtern, rational denkenden Protagonisten nimmt man einen emotional motivierten Mord nur ab, wenn man den Leser, die Leserin, langsam und in kleinen Szenen die Triebhaftigkeit des Protagonisten erahnen lässt. Plant man so einen Charakter, dann müssen genügend Handlungsabläufe eingebaut werden, damit sich die Figur vor dem Leser, der Leserin entfalten kann.

Das Hauptmotiv „Habgier" bietet den größten Gestaltungsspielraum der Protagonisten. Einem durchgeknallten Charakter nimmt man einen genial inszenierten Mord genauso ab, wie einer introvertierten Figur. Einem schwächlichen Protagonisten den Mord mit einer Messerattacke begehen zu lassen, wäre keine gute Idee. Einen kniffligen hinterhältigen Mord könnte man diesem Protagonisten schon eher zutrauen. Bei der Motivauswahl spielt dann noch die

Frage nach dem Geschlecht eine Rolle. Es ist natürlich erlaubt mit Klischees zu spielen, warum sollen immer nur Frauen Gift benutzen dürfen. Zum Schluss gilt jedoch, dass der Mord in seiner Ausführung zu der vorgestellten Person passt. Die Auflösung des Falles sollte in sich stimmig sein und jegliche Fragen der Leserschaft beantworten.

Für einen Rätsel-Krimi empfiehlt es sich, zuerst den Mord und das Mordmotiv zu konstruieren. Mit dem fertigen Konstrukt, egal ob Messerattacke oder ausgeklügelte tödliche Falle, lassen sich dann die Hinweise finden, die in die Handlung eingebaut werden, damit der Detektiv den Fall lösen kann. Für andere Krimiformen reicht es meist aus, wenn zum Schluss das Motiv und der Mordhergang einleuchtend erklärt werden.

Meine Mordkonstruktionen umfassen lediglich zwei DIN A4 Seiten. Sie enthalten die gesamten Fakten des Falles, die Hinweise und die Wege, wie es der Detektiv schaffte, den Mörder zu überführen. Doch kein Mensch würde einen Euro für zwei DIN A4 Seiten trockener Fakten ausgeben. Deshalb benötigt ein guter Krimi ein Milieu, in dem die Protagonisten sich so richtig austoben können. Neben dem Tatmotiv und dem Mordhergang, gehört die Wahl des Milieus zu den Entscheidungen, die die Atmosphäre der Geschichte prägen. Das Milieu bestimmt das Handlungsumfeld, in dem die Figuren agieren. Wählt man zum Beispiel einen Mord auf einer Raumstation, dann wird die Atmosphäre im wahrsten Sinne des Wortes dünn und bedrohlich. Die Charaktere, das ahnt man schon, werden gebildet und technisch begabt sein. Entscheidet man sich für einen Mord am Baggersee nahe einer Großstadt, entsteht ein ganz andere Atmosphäre, die durch den Hinweis auf das Opfer, zum Beispiel die Tochter des Oberbürgermeisters, andere Bilder entstehen lässt.

Als Autor sollte man deshalb prüfen, ob genügend Wissen vorhanden ist, um dieses Milieu glaubhaft beschreiben zu können. Es hilft, wenn man sich vor der Wahl des Milieus darüber im Klaren ist, dass es eine Geschichte über 300 Seiten lang tragen muss. Nicht jedes Milieu eignet sich.

Wenn man diese Vorarbeiten geleistet hat, beginnt das Schreiben. Der Cursor blinkt freudig auf dem weißen Hintergrund, der Lüfter des Computers summt vor sich hin und die Tastatur glänzt im matten Licht der alten Schreibtischlampe. Bloß im Kopf, da ist nichts, absolut nichts, dass man in einem Satz niederschreiben könnte. Diesen Moment, das behaupte ich jetzt kühn, hat jeder Kreative schon mal erlebt. Er ist der Horror und man kann ihm nicht entkommen. Ich weiß nicht mehr, von wem der Tipp stammt, aber ich beginne meine Krimis immer erst dann, wenn ich eine Eingangsszene bildlich vor meinem inneren Auge sehe.

„12. März 1822: Der Wind drückte ins Besansegel und schob die Gottfried mit dem Heck um die eigene Achse gegen die Windrichtung. Kapitän Heinrich Jacob Riesbeck riss die Augen auf und hielt den Atem an. Seit

zwei Tagen kämpften er und seine Mannschaft gegen den Orkan, der die Nordsee zu einem tödlichen Wassergrab aufpeitschte. Mit schwindender Kraft klammerte er sich an das Ruder, währen der Bug der Gottfried hin zu einer Sandbank driftete."

In dem Krimi „Die ägyptische Totenbarke" (2017) beginne ich mit einer Rückschau und greife auf ein historisch belegtes Ereignis zurück. Die Spannung wird aufgebaut, indem ich dem Leser, der Leserin die letzten Minuten der *Gottfried* vor ihrem Untergang darstelle. Diese Bilder von einer erschöpften Mannschaft, die um ihr Leben kämpft, hatte ich tagelang im Kopf. Ich stellte mir den mit ägyptischen Artefakten vollgestopften Laderaum des Frachtseglers vor und wie die Männer mit letzter Kraft hofften, dem Sturm zu entkommen, war doch der Heimathafen zum Greifen nah. Der Untergang der *Gottfried* ist der Ausgangspunkt der Handlung, die nach dem Prolog auf der Halbinsel Eiderstedt in der Jetztzeit fortgeführt wird. Für mich als Autor ist es wichtig, auf den ersten Seiten den Leser, die Leserin gleich emotional einzufangen. Wenn ihnen beim Lesen der Zeilen ein metaphorischer Wind ins Gesicht weht und es ihnen kalt den Rücken hinunterläuft, kann man sicher sein, dass weiter gelesen wird.

Hier sei anzumerken, dass die meisten Leser und Leserinnen Bücher lesen, weil sie sich unterhalten wollen. Es gibt noch einen Typus von Leser von Leserinnen, die den Vorgang des Lesens als *religiösen* Vorgang betrachten und die Bücherwelt in Kategorien wie Hochliteratur und Trivialliteratur einteilen. Als Autor und Magister Artium in Literaturwissenschaft weigere ich mich, in diesen Kategorien zu denken. Es gibt nur zwei Arten von Literatur und die lassen sich in, *inspiriert mich* und *langweilt mich*, unterteilen. Science-Fiction-Hefte aus den Fünfzigern galten als Schundliteratur und haben doch Menschen inspiriert, Raketen zu entwerfen, die die Menschheit zum Mond transportierten und wieder zurück. Ein „Thomas Mann Roman" hat sicherlich den ein oder anderen vergessen lassen, Schlaftabletten einzukaufen, weil die Lektüre schon als solche wirkte. Sicherlich lassen sich die Vergleiche auch umkehren, was eigentlich nur für mein Argument spricht, Literatur nicht in *hoch* oder *niedrig* einzuteilen. Handwerkliche Unterschiede in Texten lassen sich allerdings feststellen. Es gilt, was immer gilt, wenn etwas hergestellt wird, es gibt gut hergestellte Waren und weniger gut hergestellte Dinge.

Für meine Krimis habe ich mich am Standard der herausragenden Agatha Christie orientiert. Es war und ist mein Ziel den Rätselkrimi nach den in den Zwanzigerjahren des letzten Jahrhunderts aufgestellten Kriterien herzustellen. Wie an meiner Wortwahl festzustellen ist, handelt es sich nach meiner Auffassung beim Schreiben um einen Herstellungsprozess einer Ware. Wobei wir zum letzten und vielleicht wichtigsten Punkt kommen, um eine spannende Geschichte zu erzählen: *Leidenschaft* oder etwas gewagter ausgedrückt *Liebe*.

Wenn ich in meiner Tätigkeit als Autor in den letzten 30 Jahren eins gelernt habe, dann ist es das, dass man etwas gut macht, wenn man es gerne macht. Wer etwas gerne macht, der entwickelt Fähigkeiten und verbessert sie. Interesse, Neugier, der Wunsch etwas mitzuteilen oder zu unterhalten sind Triebfedern, die das Arbeiten leicht von der Hand gehen lassen. Für mich ist das Schreiben keine Arbeit. Arbeit wurde von mir immer als etwas definiert, dass ich tun musste, um Geld zu verdienen. Das Schreiben und das Bücher-Herausgeben gehörte nicht zu diesen Tätigkeiten, aber diese Tätigkeiten entwickelten sich schließlich so erfolgreich, dass ich damit Geld verdiente und heute davon lebe.

Wenn ich mit jungen Menschen über deren Berufswünsche spreche, stellt sich schnell heraus, dass Verdienstmöglichkeiten und Jobsicherheit als erste Entscheidungshilfen genannt werden. Je nachdem aus welchem familiären Umfeld der junge Mensch stammt, folgen soziales Prestige und Weiterbildungsmöglichkeiten als Entscheidungsgrund bei der Berufsentscheidung. Ich erwähne dann gern, dass eine Spiegelstudie aus dem Jahr 1987 mir bei meinem damals begonnenen Studium, den Job eines Taxifahrers prognostizierte. Na ja, so viel zu Prognosen.

Wer etwas mit Liebe, Leidenschaft und Überzeugung tut, ist meist auch gut in dem, was er treibt. Wenn man Bereitschaft zeigt noch besser zu werden, dann geht man seinen Weg. Das heißt nicht, dass man den Verstand abschalten soll. Wer sich heute für eine

Autorenkarriere entscheidet, der sollte sich darüber klar sein, dass wie in allen Künstlerberufen, nicht allein Talent für den Erfolg ausreicht. Glück und die passenden Gelegenheiten gehören genauso dazu, wie eine erfolgreiche Doppelstrategie, um finanziell über die Runden zu kommen.

Ich hatte das Glück, dass die ersten Bücher erschienen, als ich noch Student war. Glück deshalb, weil der Erfolg überraschend kam. Die Berufsplanung sah zu diesem Zeitpunkt immer noch vor, journalistischer Arbeit nachzugehen. Und daran änderte sich auch nichts, als die ersten Krimis erschienen. Nach dem Studium ging ich meinen beiden Leidenschaften nach. Während ich als Pressereferent meiner journalistischen Ader folgte, wuchs daneben die belletristische Ader zu einem Strom heran, der heute das wackelige Hausboot meiner finanziellen Existenz trägt und hoffentlich noch lange tragen kann.

Zusammenfassend lässt sich sagen: Wer eine gute Geschichte erzählen möchte, der sollte mit Worten seine Leserschaft zu von ihm erdachten Bildern führen können. So, als wäre er ein Museumsführer, der die Gäste von einem Bild zum nächsten leitet und dabei eine Geschichte erzählt.

Die Geschichte benötigt eine Struktur, die all die Bilder tragen kann. Diese Struktur setzt sich aus einem guten Motiv und einem Milieu zusammen, welche beide zuvor auf Tragfestigkeit überprüft worden sind.

Zum Schluss benötigt der Autor oder die Autorin Leidenschaft, um die nötige Kraft zu haben, das Projekt zu Ende zu bringen. Getreu dem Motto: Wer etwas gerne macht, der macht es meist auch gut.

Über den Autor: Ralf Strackbein studierte an der Universität Siegen Literaturwissenschaft, Politikwissenschaft und Angewandte Sprachwissenschaft. Er beendete sein Studium erfolgreich mit dem Magister Artium. Er schrieb während des Studiums als Freier Mitarbeiter Reportagen und Filmkritiken für eine große Tageszeitung. Gegen Ende des Studiums veröffentlichte er seinen ersten Kriminalroman „Tristan Irle und der Rubensmord". Die Romanreihe umfasst mittlerweile 27 Tristan-Irle-Krimis. 2012 wurde er als „Sprachvorbild" vom Verein Deutscher Sprache ausgezeichnet. Der Autor lebt in Siegen.